5分でスカッとする結末

# ナゾ解き日本一周 珍道中

東日本編

栗生こずえ

講談社

# もくじ

人物
紹《しょう》介《かい》
牧《まき》野《の》貞《てい》介《すけ》
東京出身。キリさんの助手。
通《つう》称《しょう》「マッキー」。
桐《きり》久《ひさ》廉《れん》太《た》郎《ろう》
東京出身。私《し》立《りつ》探《たん》偵《てい》。
通《つう》称《しょう》「キリさん」。

東京都

# 江戸《えど》っ子《こ》には向かない職業《しょくぎょう》

「まぁ、みごとに焼けたもんだなぁ。」

ブルーのパジャマ姿《すがた》の男はメガネに手をやって、焼《や》け跡《あと》をながめ回した。それから足元に転がっている「桐久廉太郎探偵事務所《きりひされんたろうたんていじむしょ》」と書かれたプレートを拾い上げる。

彼《かれ》はほんの半日前までここに存在《そんざい》した探偵事務所《たんていじむしょ》の主人、「キリさん」こと桐久廉《きりひされん》太郎《たろう》である。

「あーあ、ホントに信じられないよ……。」

そのとなりでぼうぜんと肩《かた》を落としているのは助手の「マッキー」こと牧野貞介《まきのていすけ》。こっちはススでよごれたTシャツに短パンというかっこうだ。

キリさんは才気あふれる私立探偵《しりつたんてい》。ご近所の迷子《まいご》ねこ捜《さが》しから犯罪組織《はんざいそしき》が相手の大《だい》事件《じけん》まで次々に解決《かいけつ》しまくる、若《わか》いながらにちょっとした有名人である。

マッキーはキリさんの大学の同級生だ。新聞記者志望《しぼう》だったのだが、就職《しゅうしょく》試験に落ち続け、なりゆきで助手を務《つと》めて5年になる。

商売繁盛《はんじょう》のキリさんが、ボロいがなかなか味わい深い一軒家《いっけんや》を買ったのは1年前のこと。1階を事務所《じむしょ》、2階を住居《じゅうきょ》にしてふたり暮《ぐ》らしをしていたのだが……なんたることか、きのうの夜中、突然《とつぜん》1階から火の手が上がったのである。

ぐっすり眠《ねむ》っていたふたりが気づいたときには消火できる状態《じょうたい》ではなく、仕事のデータが入ったノートパソコンを持ち出すのがやっと。

消防《しょうぼう》の現場検証《げんばけんしょう》によれば、放火された疑《うたが》いが強いという。

「おそらく**〈怪力乱神《かいりきらんしん》〉**のしわざだな。」

キリさんの言葉に、マッキーもうなずく。

〈怪力乱神《かいりきらんしん》〉とは裏社会《うらしゃかい》で強大な力を持つ犯罪組織《はんざいそしき》。キリさんはたびたび〈怪力乱《かいりきらん》神《しん》〉が関わった事件《じけん》を解決《かいけつ》しており、彼《かれ》らのうらみを買っている。

「で、キリさんよ。これからどうする？　アパートでも借りないと……って言っても今、オレは金欠だけどな。」

「マッキーに金がないのはいつもだろ？　しかし、火事の保険金《ほけんきん》がもらえるのはいつになるかわかんないし……。」

「だよなぁ。」

「しばらく東京をはなれよう。〈怪力乱神《かいりきらんしん》〉はオレたちを始末するつもりで放火したんだろう。だとしたら、当分つけねらわれる可能性《かのうせい》がある。」

マッキーはゴクリとつばをのむ。

「そう言われればそうだよなぁ。どこに引っこす？」

「**どこにも引っこさない。風の向くままの逃亡《とうぼう》生活だな。**そもそもオレの優秀《ゆうしゅう》な頭脳《ずのう》さえあれば仕事はできる。依頼《いらい》はスマホで受けられるし。むしろ最先端《さいせんたん》っぽいよな。」

「物は言いようだねぇ。その切《き》り替《か》えの早さ、感心するよ。」

「ま、一文無しじゃしょうがないから、ちょっと実家に行ってくるわ。親父《おやじ》に頭下げて金借りてくるよ。」

「オレもいっしょにあいさつに行こうか？」

キリさんはマッキーを上から下までじっとながめた。

「いいや。うちの親父《おやじ》は下町の駄菓子《だがし》職人《しょくにん》で、探偵《たんてい》って仕事に理解《りかい》がないんだ。オレの顔を見りゃ『もっと堅実《けんじつ》な仕事をしろ。』ってぶつくさ言う。ブラブラしてそうに見えるらしいんだな。そういう人間が2倍いても得《とく》にならない。」

「へいへい、おとなしく待ってるわ。」

マッキーはひとり、広々とした公園のすみっこでキリさんを待っていた。暗くなって、そこらで遊んでいた子どもたちも帰ってしまい、少々不安になり始めたころ。

「お待たせ。」

車が停《と》まり、運転席からキリさんが顔を出す。

「やけにデカい車だな、こりゃ。」

「いいだろ、これ。親父《おやじ》はあんまり金を貸《か》してくれなかったからさ、知り合いのとこに寄《よ》ってキャンピングカーを借りてきた。キッチン設備《せつび》もあるし、ベッドもテーブルもある。これなら移動式事務所兼住居《いどうしきじむしょけんじゅうきょ》としてバッチリだろ？」

「へえ、すごいなぁ。」

マッキーがドアを開けると、助手席から段《だん》ボール箱《ばこ》や着替《きが》えを詰《つ》めこんだ袋《ふくろ》やら、ペットボトルやらがドサドサくずれ落ちてきた。

「すまん、急いで放りこんだからさ。後ろにつっこんどいてくれ。」

マッキーは地面に散らばった物を拾い始めた。

服やタオルや日用品は実家から拝借《はいしゃく》してきたものか。

しかし、粘着《ねんちゃく》テープで封《ふう》をした段《だん》ボール箱《ばこ》がいくつもあるのが気になる。

「この箱、軽いけどなんなの？」

マッキーがたずねると、キリさんはいたずらっぽい笑《え》みを浮《う》かべた。

「バクダンを仕入れてきた。道中、いろいろと……おみやげが必要だろ？」

**「バ、バクダン⁉」**

マッキーは目を白黒させた。キリさんはときどき大胆《だいたん》なことをやらかす。

（まあ、異常《いじょう》な犯罪組織《はんざいそしき》を敵《てき》に回したわけだし、こっちも武器《ぶき》は必要だよな……。）

そのときだった。

「桐久《きりひさ》と牧野《まきの》だな。逃《に》がさねぇぞ！」

ふたりは突然《とつぜん》、懐中《かいちゅう》電灯の強い光に照らされた。

ややはなれた場所に、ふくめんをした男どもが3人立っている。

彼《かれ》らが手に持っているのは……。

「火炎《かえん》ビンだ！」

火炎《かえん》ビンとは灯油などの燃《も》えやすい油を入れたビンに布切《ぬのき》れで栓《せん》をしたもの。これに火をつけて車に放りこむつもりらしい。

ふくめん男のひとりがライターをカチリと鳴らすと同時にマッキーは絶叫《ぜっきょう》した。

**「やめろぉぉぉぉ！　この車、めっちゃバクダン積んでるんだぞ！」**

「あぁ？　なんだって!?」

マッキーの勢《いきお》いに驚《おどろ》いたのか、ふくめん男の手から火炎《かえん》ビンがすべり落ちた。火のついたビンがバクダン入りの段《だん》ボール箱《ばこ》のほうに転がっていく。

マッキーは必死の形相でどなった。

「バカ野郎《やろう》！　おまえらも全員吹《ふ》っ飛《と》ぶぞ！」

「おい、いったん引き上げだ！」

ふくめん男たちは残りのビンを手に持って今来たほうに全速力で走りだす。マッキーもかけだしたが、途中《とちゅう》でハッとして足を止めてふり返った。

「キリさん！　早く！」

しかし、キリさんは細い煙《けむり》を上げる段《だん》ボール箱《ばこ》のそばにたたずみ、つぶやいた。

「うん、マッキー、迫力《はくりょく》あるよなぁ。いいよいいよ。」

Q

**この箱の中身は正真正銘《しょうしんしょうめい》「バクダン」である。キリさんはなぜ落ち着きはらっているのだろうか。**

# A

## 解《かい》説《せつ》

箱の中身は爆発物《ばくはつぶつ》ではなく**駄菓子《だがし》の「バクダン」**だったのだ。「ポン菓子《がし》」とも呼《よ》ばれるバクダンはお米が原料。米を圧力鍋《あつりょくなべ》のような構造《こうぞう》の製造機《せいぞうき》に入れて加熱すると、もとの米粒《こめつぶ》の10倍くらいにふくれたサクサクのバクダンができる。できあがりのときに「ドカン！」という大きな爆発音《ばくはつおん》がするのが名前の由来というわけ。砂糖《さとう》と水を煮詰《につ》めたもので甘《あま》みをつけて完成だ。

キリさんの父は東京の下町の駄菓子職人《だがししょくにん》。残念ながらお金はあまり貸《か》してもらえなかったので、キリさんは山積みになっていたバクダンを失敬《しっけい》してきたのである。旅の間に世話になる人にあげてもいいし、食料にもなる。マッキーが箱の中身を爆発物《ばくはつぶつ》だと信じこんでいたからこそ、ふくめん男たち（やつらは想像《そうぞう》どおり〈怪力乱神《かいりきらんしん》〉のメンバーだった）も身の危険を感じて逃《に》げだした。彼《かれ》らはまず車を台なしにし、ふたりをさらって組織《そしき》のボスのもとに連れ帰る計画であった。ここはマッキーの思わぬお手柄《てがら》というところだろう。

ちなみに段《だん》ボール箱《ばこ》の火は、ペットボトルの水であっさり消火できた。

## 千葉県

# 落花生の女

「千葉県八街市《やちまたし》、か……。でさ、キリさん、なんで千葉なわけ？」

スマホをのぞきこんでいたマッキーがバクダンをむさぼり食いながら言う。

「逃亡犯《とうぼうはん》ってのは西に逃《に》げる傾向《けいこう》があるんだ。だから逆《ぎゃく》に、東に向かってみた。」

「ふーん。逃亡犯《とうぼうはん》はなんで西に行きたがるの？」

「大阪、名古屋《なごや》、京都、広島とか……福岡とか、西のほうが大都市が多い。人が多けりゃ見つかりにくいからな。ひとまずフェイントで千葉に向かってから先のことを考えようかと……っていうか、マッキー、そのバクダンあんまり食うなよな。」

「腹《はら》が減《へ》ってんだもん。そろそろ飯にしようぜ。」

「オレはまだそんなに腹減《はらへ》ってないんだ。」

「じゃ、スーパー銭湯《せんとう》行かねぇ？　このキャンピングカー、シャワーもトイレもないんだもんな。」

「ぜいたく言うなよ。借りられただけでありがたいってのに。」

「そういうキリさんは実家でひとっ風呂《ぷろ》浴びて、なんか食ってきたんだろ？　おまえはいつも自分さえよきゃあ……。」

マッキーが不意にだまりこんだので、キリさんは気になって助手席を見やる。

この非常時《ひじょうじ》につまらないことでけんかするのは得策《とくさく》ではない。

「おい、どうした？」

キリさんが声をかけると、マッキーは深刻《しんこく》な顔で腹《はら》をさすっている。

「至急《しきゅう》トイレを見つけてくれ！　急に下りてきた。うぅ～ヤバい。」

キリさんは青ざめた。「下りてきた」と言うところをみると大のほうだろう。

「わかった、頼《たの》むからガマンしてくれよ！」

数分後、キリさんは「道の駅」の駐車場《ちゅうしゃじょう》に車を停《と》めた。道の駅とは一般道《いっぱんどう》にある休憩施設《きゅうけいしせつ》で、飲食店やショップなどが併設《へいせつ》されている。

「やれやれ、間に合ったか！」

キリさんは大きく息をはいたが、マッキーは急いで車を飛び出すかと思いきや、ゆったりのびなんかしている。キリさんはまゆをひそめた。

「おまえ、まさか……。」

「へへへ、作戦大成功。この程度《ていど》の芝居《しばい》にだまされるなんてキリさんもまだまだね。ここの食堂《しょくどう》で食ってこうぜ。」

さて、ふたりがイノシシ肉のみそ焼き定食をぺろりと平らげると、店員のおばさんがお茶のおかわりを注《つ》ぎながら愛想《あいそ》よく話しかけてきた。

「おいしかった？　この辺じゃ野生のイノシシが増《ふ》えててね。捕獲《ほかく》したイノシシを千葉の新しい特産品にしようって力を入れてるのよ。」

「とてもおいしかったですよ。」

キリさんが言うと、おばさんは「あら、お客さんイケメンねぇ。」と目を細めた。

そして、おばさんは奥《おく》からいそいそと何か出してきた。

「これ、よかったらどうぞ。開けたら早めに食べてね。」

**「落花生ですか。ありがたくいただきます！」**

にこやかな笑顔《えがお》に見送られ、ふたりは食堂《しょくどう》を出た。

「マッキー、運転代わってくれ。」

キリさんは助手席に座《すわ》ると、さっそくレトルトパウチの袋《ふくろ》を開ける。

「うまいなぁ。さすがは千葉県、落花生の名産地。」

「何それ。ピーナッツだよな？」

「ゆでピーナッツだよ。食ったことない？」

キリさんが茶色いうす皮のついた落花生を空中に一粒《ひとつぶ》はじくと、マッキーは上手に口でキャッチする。

「おみごと。マッキーってホントにどうでもいいことはなんでもうまいよな。」

「うるせぇ。なんだこれ……ゆでたピーナッツって初めて食べたけどホクホクしててめちゃうまいじゃん。で、これからどうするんだ？」

「この駐車場《ちゅうしゃじょう》は仮眠《かみん》ならＯＫだけど、朝まで寝《ね》る『宿泊《しゅくはく》』は禁止《きんし》なんだ。河原《かわら》とか……風呂《ふろ》がついてる車中泊《しゃちゅうはく》施設《しせつ》を探《さが》すかなぁ。」

「河原《かわら》はやだね！　オレは絶対《ぜったい》風呂《ふろ》に入る！」

マッキーが車を発進させようとしたとき。

ドンッ！　何かが車にぶつかったので、マッキーはあわててブレーキをかけた。

「なんだ？　イノシシか？」

キリさんが窓《まど》から外を見下ろすと、そこには人が倒《たお》れていた。

「びっくりさせてごめんなさい。それに送ってくださるなんて、本当に助かります。」

葉山麗美《はやまれみ》と名乗ったその女性《じょせい》は、キリさんたちと同年代くらいに見えた。道の駅の商店で買いこんだ食材の重みでよろけ、車にぶつかったという。

転んだはずみに足をひねったらしく、なかなか立ち上がれない麗美《れみ》さんに、マッキーは紳士《しんし》らしく「家まで送りましょう。」と手を差《さ》し伸《の》べたのである。

「いや〜、はねたと思ってビビりましたよ。ちょうど車を発進させた瞬間《しゅんかん》だったから、やっちまったかと。八街《やちまた》だけに。ははは！」

「マッキーさんっておもしろい人ですね。」

麗美《れみ》さんはマッキーのダジャレに小さく笑うと、大きな瞳《ひとみ》をクルンと動かした。

「お礼と言ってはなんですけど、車中泊《しゃちゅうはく》なさるつもりでしたら、うちに泊《と》まりませんか？　わたしの家は旅館なんです。もちろん料金はいりません。」

「え？　いいんですかぁ？」

マッキーはあからさまにデレデレしている。

「ご遠慮《えんりょ》なく。部屋は空いてますから。古いけど居心地《いごこち》はいいですよ。すぐに両親に連絡《れんらく》を入れますね。道案内はわたしがします！」

後部座席《ざせき》でこのやりとりを聞いていたキリさんは、麗美《れみ》さんに落花生の袋《ふくろ》を「食べますか？」と差し出した。

マッキーは「バカだな、地元の人にそんなもの……。」とブツブツ言ったが、麗美《れみ》さんは「ありがとうございます。」とにっこりした。

「さっき食堂《しょくどう》でもらったんですよ。昼間も、鈴《すず》なりの落花生がゆれている畑の脇《わき》を通ったもんだから、食べたいなと思ってたところで。」

「ちょうど今が旬《しゅん》ですもんね。」

麗美《れみ》さんはそう言いながら落花生を口に入れ、「ふたつ先の交差点を右折です。」とマッキーに告《つ》げた。

キリさんは3つせきばらいをした。

これはマッキーとの間の**「緊急事態発生《きんきゅうじたい》」**の合図である。

「すみません、ぼく、急におなかの調子が悪くなっちゃって。マッキー、そこのガソリンスタンドで停《と》めてくれ！」

**Q　キリさんはこの女性《じょせい》を〈怪力乱神《かいりきらんしん》〉の一味とにらんだ。なぜか。**

## A

## 解説《かいせつ》

キリさんは麗美《れみ》に「鈴《すず》なりの落花生がゆれている畑の脇《わき》を通った。」と言ったが、そんなはずはない。

同じ豆類でも枝豆《えだまめ》などは地上に茎《くき》がのびて豆のさやがぶら下がるが、**落花生は花が終わるとツルが地面にもぐり、地中でさやができるのだ**。千葉は国内有数の落花生の産地だから、麗美《れみ》が地元の人間ならそれを知らないのはおかしい。

キリさんはガソリンスタンドに着くと、「車の中にゴキブリがいた。」と出まかせを言って麗美《れみ》を降《お》ろし、彼《かの》女《じょ》を置き去りにして急発進したのである。

キリさんの推測《すいそく》は当たっていた。麗美《れみ》は〈怪力乱神《かいりきらんしん》〉のメンバーで、彼女《かのじょ》に導《みちび》かれるまま「旅館」に向かっていたら、キリさんたちはそこで待ち受ける面々にまんまとつかまることになっただろう。

## 神奈川県

# 謎《なぞ》解《と》きは結《けっ》婚《こん》式《しき》のあとで

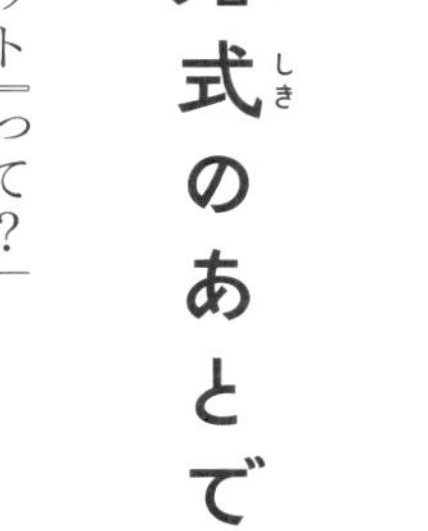

「なんだろ、この『長屋の花見セット』って？」

居酒屋《いざかや》のメニューに入念に目を通していたマッキーは、ひときわ安いおつまみを見つけてうれしそうに声を上げた。

今夜の寝場所《ねばしょ》にキャンピングカーを停《と》めたキリさんとマッキーは、ちょっと一息つこうと夜の街をぶらぶら歩いてこの小さな店に流れついたのである。

「大根のうす切りとタクアンだって。どっちも大根だよなぁ？」

キリさんが言うと、店主はニコニコして言った。

「これはね、究極の貧乏《びんぼう》セット。『**長屋の花見**』っていう落語に由来してるんだよ。」

店主はスラスラと解説《かいせつ》を始める。

「家賃《やちん》が払《はら》えない貧乏《びんぼう》な連中を、貸《か》し主《ぬし》の大家さんが花見に連れていく話なんだけどね。そこは大家さんもしっかりしたもんでさ。重箱を開けると、かまぼこに見えたのは半月切りにした大根。たまご焼きに見えたのはタクアンだったっていうオチ。ちなみに、飲み物はお酒じゃなくて番茶なんだ。」

「はぁ……でも、番茶を日本酒に見せかけるのは無理があるでしょ？」

キリさんがつっこむと店主はニヤリ。

「『お酒』ならぬ『お茶け』ってわけさ。」

「ははは。マッキーが好きそうなダジャレだなぁ。」

キリさんに水を向けられ、マッキーはうれしそうに鼻の穴《あな》をふくらませる。

「番茶ならぬ……とんだ茶番ってとこだな。あ、オレはビールを。」

「オレも。じゃ、話のタネにその『長屋の花見セット』をもらおうか。あ〜、なんか無性《むしょう》にかまぼこが食べたくなったなぁ。」

「もちろんかまぼこもあるよ。名物だもの。」

「じゃ、ひと皿ください。かまぼこって小田原《おだわら》名物なんですか？」

「お客さん、この辺の人じゃないね。でも箱根《はこね》駅伝くらい見たことあるでしょ？」

店主はカウンターの奥《おく》に向かいつつ、店の壁《かべ》に貼《は》られた写真を指さす。たすきをかけたランナーと、沿道《えんどう》に詰《つ》めかけた観客の写真だ。

箱根《はこね》駅伝は、正式にいうと「東京箱根《はこね》間往復《おうふく》大学駅伝競走」。

その名のとおり、東京都の大手町《おおてまち》と神奈川県の箱根町《はこねまち》の間を往復《おうふく》する関東の大学生の駅伝大会だ。お正月の風物詩で、テレビ中継《ちゅうけい》もされている。

「この写真は一番走るのがキツいっていわれる5区のスタート地点の小田原中継所《おだわらちゅうけいじょ》。『鈴廣《すずひろ》かまぼこの里』の敷地内《しきちない》にあるんだ。」

「ああ、テレビで見たことあります！」

キリさんはポンとひざを打った。

**「この辺は魚がよく獲《と》れるけど、昔は長く保存《ほぞん》できなかったから、かまぼこ作りが盛《さか》んになって、江戸《えど》時代には参勤交代《さんきんこうたい》の大名にもほめられたそうだよ。**地味なイメージかもしれないけど、当時、かまぼこは高級品だったんだ。」

店主はビールと「長屋の花見セット」、かまぼこの皿をテーブルに置いた。

「そういえば、かまぼこっておせち料理にも入ってるし。半月形は『日の出』にも通ずるって聞いたことあるな。縁起《えんぎ》がいい食べ物なんですね。」

キリさんが感心して言う間に、マッキーはかまぼこをどんどん口に詰《つ》めこむ。

「あ、おまえ、かまぼこばっかり食って……。残りはオレの！　おまえは『にせかまぼこ』を食え！」

酒
生ビール
やっこ
ビール

ふたりがかまぼこを取りあっていると、若《わか》い男が入ってきた。

黒の礼服に白いネクタイというかっこうで、やたらに大きな荷物をぶら下げ——さらには小ぶりの長細い提灯《ちょうちん》を持っている。

「いらっしゃい。結婚式《けっこんしき》の帰りかな？」

店主が愛想《あいそ》よく声をかけると、彼《かれ》は目をみはる。

「そうです。よくわかりましたね。」

**「小田原提灯《おだわらぢょうちん》って、この辺じゃ結婚披露宴《けっこんひろうえん》の座席札《ざせきふだ》がわりにするところがあるからね。」**

「小田原《おだわら》」と大きく書かれた提灯《ちょうちん》には「船城恵美様《ふなしろえみ》」というシールが貼《は》ってある。

彼《かれ》はシールに目をやって「母の代理で出席したんですよ。母がインフルエンザにかかっちゃったもんで。」と言った。

「あ、小田原提灯《おだわらぢょうちん》って『お猿《さる》のかごや』の歌に出てくるヤツか！」

マッキーは調子に乗って歌いだす。

船城《ふなしろ》くんはキリさんたちのとなりの席に腰《こし》かけてネクタイをゆるめた。

「どちらから？」

店主がたずねると、船城《ふなしろ》くんは「博多《はかた》です。」と答える。

「それは長旅だったね。」

「ええ、親せきの結婚式《けっこんしき》っていっても、ぼくは知らない人ばっかりだから気が進まなかったんですけど。母がどうしても代わりに出席してくれって言うんで。」

メニューを広げた船城《ふなしろ》くんのポケットから、にぎやかな着信音がした。

「あ、母さんからメールだ。」

船城《ふなしろ》くんは、スマホに目を落とすとたちまち困《こま》った顔でつぶやいた。

「ヤバいなぁ……なんか疑《うたが》われてるっぽい。」

「どうかしたんですか？」

キリさんは好奇心《こうきしん》をそそられて、船城《ふなしろ》くんのほうに身を乗り出した。

「じつは、ぼく迷子《まいご》になって、披露宴《ひろうえん》に1時間くらい遅刻《ちこく》しちゃったんですよ。着いたときは、もうケーキカットもとっくに終わってて。」

「あっはは！　そりゃ遅《おく》れすぎでしょ。」

マッキーは無遠慮《ぶえんりょ》に爆笑《ばくしょう》した。

「母さんに、『ウェディングドレスとお色直しのドレスとケーキカットは絶対《ぜったい》写真を撮《と》ってこい。』って言われてたから、となりの席の人に写真をもらって。さっき母さんに送ったんですよ。」

船城《ふなしろ》くんはスマホの画像《がぞう》フォルダを開く。

新郎新婦《しんろうしんぷ》がピンクと白のケーキにナイフを入れている。

いわゆる「ケーキ入刀」は披露宴《ひろうえん》の一番の見せ場といってもいい。

「母さんが『ケーキはどうだった？』って聞いたから『ふつうにおいしかったよ。』って返したんですけど。『本当にケーキ食べたの？』ってやけにしつこく言ってくるんです。『帰ったらくわしく聞くから。』って。なんなんだろ？」

不安げな船城《ふなしろ》くんに、キリさんは言った。

**「その写真、ちゃんと拡大《かくだい》して、ケーキをよく見てみたほうがいいですよ。」**

船城《ふなしろ》くんはいぶかしそうにしながらも、キリさんの指示《しじ》にしたがった。

そして、ハッとした顔になったのである。

「危《あぶ》ないところでした。お礼に一杯《いっぱい》ごちそうさせてください。」

Q

**船城《ふなしろ》くんのお母さんは、なぜ彼《かれ》がケーキを食べていないと疑《うたが》ったのか。**

A

解《かい》説《せつ》

新郎新婦《しんろうしんぷ》が入刀していた「ピンクと白」のものはケーキではなく、**ウェディングケーキのようにデザインされたかまぼこ**だったのである。遠目に見ればケーキに見えるし、船城《ふなしろ》くんはそれがケーキだと疑《うたが》いもしなかった。彼《かれ》が披露宴《ひろうえん》のテーブルに着いたとき、かまぼこケーキもちゃんと分配されていたが、船城《ふなしろ》くんはそれが「ケーキ」とは思わずに食べていたのだ。

キリさんはかまぼこが名物であること、縁起《えんぎ》のいい食べ物であることから、この可能性《かのうせい》を思いついた。かまぼこは細工しやすいので、スイーツのようにかわいらしく、華《はな》やかに加工したデコレーションかまぼこは人気となっている。

魚のすり身で作るかまぼこの発祥《はっしょう》は西日本とされる。当初は竹や板にすりつけてあぶった「焼きかまぼこ」。ちくわは焼きかまぼこの一種である。江戸《えど》時代に「蒸《む》しかまぼこ」が誕生《たんじょう》し、色やもようを入れたものなどバリエーション豊《ゆた》かに発展《はってん》したといわれる。

埼玉県

# 事務室《じむしつ》から消えたお菓子《かし》

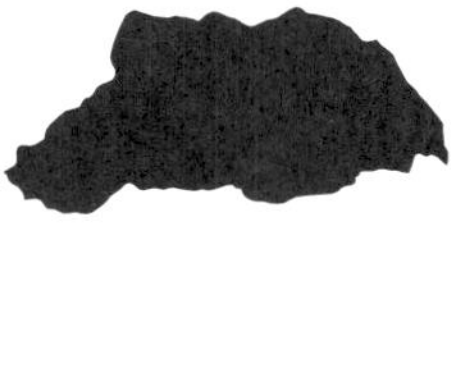

「あ、キリさんとマッキーだ！」

キリさんとマッキーは、瞬《また》く間《ま》に女子グループに取《と》り囲《かこ》まれた。

ここは埼玉県内のとある公民館。

小学6年生の子どもたちが埼玉名物を手作りする体験学習に訪《おとず》れている。きのう、キリさんは体験学習の一環《いっかん》で小学校に呼《よ》ばれ、探偵《たんてい》の仕事について講義《こうぎ》を行った。子どもたちは興味《きょうみ》しんしんで講義《こうぎ》が終わったあともキリさんたちからはなれない。

そんなこんなで今日ここに来る約束を取りつけられてしまったわけだ。

「そろそろ、あたしたちがしこんだ**狭山茶**《さやまちゃ》ができたころだよ。キリさん、いっしょに飲もうよぉ！」

6年A組の学級委員、並木乃亜《なみきのあ》さんがキリさんのシャツのそでを引っぱる。

「え？　お茶まで作ったの？」

「そうだよ。摘《つ》んだ葉っぱを蒸《む》して、手でよ～くもんで乾燥《かんそう》させて。『火入れ』は職《しょく》人《にん》さんにおまかせして、お菓子《かし》作りに移《うつ》ったんだけどね。」

火入れとは、遠赤外線などで茶葉を熱するお茶作りの最終工程《こうてい》。これで、あのお茶のいい香りが生成されるのだ。

乃亜《のあ》さんは「体験学習のしおり」を差し出した。まずは狭山《さやま》名物の狭山茶《さやまちゃ》。それに加えて埼玉県の三大銘菓《めいか》を作るという充実《じゅうじつ》のプログラムだ。

「グループごとに交代で4つの部屋を回って全部作るの。その1、草加《そうか》せんべい。」

乃亜《のあ》さんは、ななめがけにしたバッグからビニール袋《ぶくろ》を出す。

「あたしたちが手焼きしたんだよ。」

「50回くらいひっくり返したよね。顔も焼けたかも。」

女の子たちは楽しそうにしゃべりまくる。

「その2は川越銘菓《かわごえめいか》、**甘藷納豆**《かんしょなっとう》。」

これは輪切りのさつまいもで作った甘納豆《あまなっとう》。「甘藷《かんしょ》」はさつまいもの昔の呼《よ》び方《かた》だ。

「ああ、『**栗**《くり》**よりうまい十三里**』だね。」

「何それ？」

「さつまいもを十三里っていうんだ。『栗《くり》（九里）より（四里）』で合計十三里。」

九里
四里
十三里
?
?

マッキーの説明にみんなピンとこない様子なので、キリさんが助《たす》け舟《ぶね》を出す。

『『里《り》』っていうのは長さの単位で約4キロメートル。江戸《えど》で流行《はや》ったダジャレで、川《かわ》越《ごえ》のいものうまさをほめる言葉なんだ。」

「ふーん。さすがおじさん、いろいろくわしいね。」

「おいっ！　おじさんはないだろ!?」

「まぁいいじゃん。3つめもおじさんが好きそうなお菓子《かし》だよ。熊谷《くまがや》名物、**五家宝《ごかぼう》**。」

五家宝《ごかぼう》は、もち米を蒸《む》してあられ状《じょう》にし、水あめをからめて棒状《ぼうじょう》にまとめ、きな粉《こ》をまぶしたもの。棒状《ぼうじょう》のを切って俵形《たわらがた》に仕上げる。

「ところで、ごあいさつしたいんだけど、校長先生はどこにいるのかな？」

キリさんがたずねると、乃亜《のあ》さんはすぐに答えた。

「校長先生はお茶の部屋担当《たんとう》。案内するよ。あ、でもその前に事務室《じむしつ》に寄《よ》らなきゃ。」

なんでも、仲よしの紗和《さわ》さんの具合が悪くなり、事務室《じむしつ》で休んでいるのだという。

「紗和《さわ》、具合よくなってるといいけど。」

「あと、アレを回収《かいしゅう》するの忘《わす》れないようにしなきゃね！」

キリさんとマッキーはおとなしく乃亜《のあ》さんたちについていった。

「紗和《さわ》、調子どう？」

乃亜《のあ》さんたちが事務室《じむしつ》に入ると、ついたての向こうから紗和《さわ》さんが顔を出す。

「うん、元気になったみたい。」

「よかったぁ！」

乃亜《のあ》さんはうれしそうに紗和《さわ》さんの手を取ったが——それから驚《おどろ》いた顔をした。

**「あの机《つくえ》の上に置いといたお菓子《かし》が——なくなってる⁉」**

乃亜《のあ》さんたちは、指導《しどう》してくれた職人《しょくにん》さんたちに作ったお菓子《かし》やお茶をプレゼントしようと思いついたという。

持ち帰る分からみんなで少しずつ出しあうとけっこうな量になった。

それで、1時間ほど前に紗和《さわ》さんに付きそってきたとき、事務室《じむしつ》の机《つくえ》の上に置いておいたのだ。

みんなで部屋中を捜《さが》したが、どこにもない。

すると、紗和《さわ》さんがぽつりと言った。

「じつはね。ちょっと前に、部屋にだれか入ってきたんだよね。」

「え、早く言いなよ！　どんな人だった？　そいつが容疑者《ようぎしゃ》じゃん。ひとりだった?」

　乃亜さんが目を丸くする。紗和さんはちょっと下を向いた。

「ひとりだったと思う。でも、顔は見てないんだ。ほら、ついたてがあるでしょ。眠《ねむ》ってはなかったけど、目をつぶってて。ドアの開く音がして足音がしたから、ああ、だれか来たんだなって思っただけで。すぐ出ていったよ。」

キリさんは腕組《うでぐ》みをした。

きのう講義《こうぎ》をした手前、この謎《なぞ》を解《と》かないとかっこうがつかない。

「鍵《かぎ》がかかってないから、ここにはだれでも入ることができるよね。」

紗和《さわ》さんはキリさんを見上げた。

「入ってきた人は、ここにわたしがいるのに気づかなかったと思います。入り口から、わたしが寝《ね》てたこのソファーって見えないでしょ?」

ソファーは入ってすぐ右手のついたての向こうにある。

マッキーはドアからまっすぐに事務机《じむづくえ》まで歩いてみた。

「うん、確《たし》かに見えないね。」

乃亜《のあ》さんがいたずらっぽく瞳《ひとみ》をクルクルさせる。

「ここにお菓子《かし》を置いたのを知ってるのはあたしたちだけだから。入ってきたその人がたまたま見つけて盗《ぬす》んだってとこかな。桐久探偵《きりひさたんてい》、どう思います？」

「捜査《そうさ》の基本《きほん》は、ていねいな聞《き》き取《と》り調査《ちょうさ》から。紗和《さわ》さん、姿《すがた》が見えなかったとしても何か気がついたことはないかな？　ドアの開け方、歩き方の特徴《とくちょう》など。そこから容《よう》疑者《ぎしゃ》をしぼりこんでいける。」

紗和《さわ》さんは意識《いしき》を集中させようと目を閉《と》じた。

「歩き方にはクセはなかったです。あ、でも……**わたし、参考になりそうなことをひとつ思い出しました。**」

紗和《さわ》さんの新証言《しんしょうげん》は、解決《かいけつ》に結びつくとても重要な証拠《しょうこ》となったのである。

**Q　紗和《さわ》さんはその人の姿《すがた》を見ていない。どんな手がかりを得《え》たのだろうか。**

# A
## 解説《かいせつ》

紗和《さわ》さんの証言《しょうげん》は**「その人が部屋に入ってきたときお茶の香りがした」**というもの。乃亜《のあ》さんの説明によると、お茶は「火入れ」のときに香りが生成される。つまり、狭山茶《さやまちゃ》の火入れに長時間立ち会った人が疑《うたが》わしいということになる。

お菓子《かし》を持ち去ったのは校長先生であった。校長先生は、この事務室《じむしつ》を控《ひか》え室《しつ》がわりにしていた。カバンを取りに来た校長先生は、それを自分への差し入れとかんちがいして持っていっただけで、盗《ぬす》むつもりではなかった。幸い、まだ食べていなかったので、すべて乃亜《のあ》さんたちの手元にもどったのである。

**狭山茶《さやまちゃ》は、静岡茶、宇治茶《うじちゃ》（京都府）と並《なら》ぶ日本三大茶**。狭山茶《さやまちゃ》の一番の持ち味は深い味わいだ。埼玉県南西部の入間市《いるまし》、所沢市《ところざわし》、狭山市《さやまし》を中心とする地域《ちいき》を産地とする。

栃木県

# 疾走《しっそう》するミイラ男

「なんか暗～い感じだよなぁ、このホテル。せっかく栃木にいるんだから、鬼怒川温《きぬがわおん》泉《せん》の旅館とかに泊《と》まりたかったね。」

マッキーはベッドにひっくり返った。

「文句《もんく》が多いなぁ。近場じゃここが一番安かったんだ。」

「へっ、自称《じしょう》天才探偵《たんてい》ともあろうものがケチくさいねぇ。」

「自称《じしょう》じゃなくて他称《たしょう》だ！　だいたい、寝《ね》るだけの場所になんでそうこだわるのかわかんないなぁ。いざというときのために、節約するに越《こ》したことはないからな。」

キリさんは仕事がら一流ホテルや高級ブランド品などの知識《ちしき》はそこそこあるが、個《こ》人的《じんてき》にはまるで興味《きょうみ》がない。

「華《はな》やぎってのに飢《う》えてんだよ。せめて寝《ね》る前に一杯《いっぱい》やろうぜ。」

ふたりは1階のバーに向かった。

しかし、バーもマッキーが期待したオシャレなムードとはほど遠いさびれた雰囲気《ふんいき》である。観葉植物の葉はくったりしおれているし、カウンターに置かれたランプもホコリが積もったままだ。

マッキーがビールのグラスを片手《かたて》に、落ち着きなくバーの中を見回していると、これまた陰気《いんき》なバーテンダーが口を開いた。

「これ、召《め》し上《あ》がります？」

皿にのっているのはかんぴょうののり巻《ま》きとナスのつけもの。

バーには不似合《ふにあ》いだ。

「夜食にするつもりがあまっちゃって。」

「じゃ、いただきます。**かんぴょうは栃木の特産品でしたね。**」

キリさんはかんぴょう巻《ま》きがあまり好きではなかったが、これも旅の縁《えん》。

バーテンダーはキリさんたちを好奇心《こうきしん》に満ちた瞳《ひとみ》でながめる。

「お仕事ですか？　ひょっとしてマスコミの人？」

「ちがいますよ。なんでそう思ったんですか？」

「このホテルに若《わか》い人が来るのは久《ひさ》しぶりなんでね。ミイラ騒《さわ》ぎのあとは、東京から雑誌《ざっし》の編集者《へんしゅうしゃ》や記者がよく話を聞きに来たもんだが。」

「ミイラ騒《さわ》ぎ？　なんだそりゃ？」

マッキーが好奇心《こうきしん》をあらわにすると、バーテンダーはうれしそうに話し始めた。

「大谷寺《おおやじ》って知ってますか？　高さ27メートルの平和観音《へいわかんのん》や、大谷観音《おおやかんのん》が有名なんですけど。」

「知らないなぁ。」

バーテンダーは驚《おどろ》いたように目を見開いてみせ、自慢《じまん》げに説明する。

「大谷寺《おおやじ》の御本尊《ごほんぞん》の大谷観音《おおやかんのん》は日本最古の石仏《せきぶつ》といわれていてね。平安時代に弘法大師《こうぼうだいし》が作ったものと伝えられているんですよ。高さは4メートル。岩の面に直接彫《ちょくせつほ》られた千手観音で……。」

「で、それがミイラとどう関係が？」

話がかなり長くなりそうな気がしたので、キリさんは先を急《せ》かした。

「そうそう、**この大谷寺《おおやじ》には宝物館《ほうもつかん》があるんですよ。なんといっても人気なのが、1万1000年前のミイラです。**」

「ミイラって日本にもあるんですか？」

「ありますよ。エジプトのミイラみたいに包帯を巻《ま》いた姿《すがた》ではないですけど。ミイラは、かんたんにいうと死体を乾燥《かんそう》させたものです。干物《ひもの》みたいなイメージですね。ふつうに死体を放置すれば、やがて骨《ほね》だけになってしまいます。乾燥《かんそう》しても人間の原形をとどめているのがミイラです。」

日本は湿気《しっけ》が多いためミイラ作り、および保存《ほぞん》に適《てき》さない。

だが、いろんな条件《じょうけん》が重なってぐうぜんにミイラができることがあるという。

「まぁ大谷寺《おおやじ》のミイラはだいぶ人骨《じんこつ》っぽいけど……ミイラと呼《よ》ぶ人が多いからミイラと認定《にんてい》していいでしょう。」

バーテンダーは自分の前にグラスを置いてビンからビールを注《つ》ぎ、キリさんとマッキーのグラスにも注《つ》ぎたしてくれた。

「さて、これからが本題です。あれは……8月も終わりに近づいた蒸《む》し暑《あつ》い夜のこと。大谷寺《おおやじ》の宝物館《ほうもつかん》に、何者かが侵入《しんにゅう》したんです。物音に気づいた警備員《けいびいん》がすぐにかけつけたところ、ミイラの展示《てんじ》ケースにひびが入っていた。何者かが盗《ぬす》み出《だ》そうとしたんです。」

キリさんはまゆをひそめた。

「考えられないなぁ。ミイラを盗《ぬす》もうとするなんて。」

「世の中には、変わったもののコレクターっていっぱいいるんだよ。で、犯人《はんにん》はつかまったんですか？」

マッキーはバーテンダーに水を向ける。

バーテンダーはもったいをつけてビールを一口飲み、口元を軽くぬぐった。

「いいえ。しかしね、**その晩《ばん》、何人もの人が、走るミイラ男を目撃《もくげき》したんですよ。**白い包帯をなびかせて走る姿《すがた》を……。」

「ミイラを盗《ぬす》み損《そこ》なったどろぼうがミイラになっちゃったってこと？　これがホントの『ミイラ取りがミイラになる』かぁ！」

マッキーはうれしそうに言った。

「ミイラ取りがミイラになる」ということわざは、「ミイラ探《さが》しに行った人が帰ってこず、自分がミイラになってしまうこと」に由来する。転じて、「人を説得《せっとく》しに行ったのに逆《ぎゃく》に説得《せっとく》されて相手と同意見になる」という意味もある。

キリさんはマッキーの言葉をスルーして、バーテンダーの顔をのぞきこんだ。

「でも、日本のミイラは包帯なんて巻《ま》いてないんでしょ？」

バーテンダーはニヤッとした。

「いい指摘《してき》ですね。この事件《じけん》を受けて、オカルト研究者が雑誌《ざっし》に発表した説はこうです。その走るミイラは、はるばるエジプトからやってきたミイラではないかと。エジプトのミイラが、大谷寺《おおやじ》のミイラを迎《むか》えにやってきたんじゃないかと。」

「あははは！　都市伝説ってのはそうやってできるんですね。」

キリさんは切り口がだいぶ乾燥《かんそう》したのり巻《ま》きを口に放りこんで、おかしそうに笑った。

「**ぼくには走るミイラ男の正体がわかりましたよ**。だれだったかまではわかりませんが、からくり自体は見当がつきましたね。」

**Q　走るミイラ男の正体はなんだったのだろうか。**

## A 解《かい》説《せつ》

事件《じけん》があったのは８月の終わりごろ。栃木県では、特産品のかんぴょうの乾燥《かんそう》が行われている時期だ。

かんぴょうはユウガオの実を薄《うす》くむいたものをさおにかけ、乾燥《かんそう》させて作る。白い帯状《おびじょう》のかんぴょうをビニールハウスで２〜３日干《ほ》しておくわけだ。**宝物館《ほうもつかん》から逃《に》げ出《だ》した犯人《はんにん》はここに飛びこみ、かんぴょうをからませて走っていった**——キリさんはこう推理《すいり》したのである。バーテンダーも納得《なっとく》し、翌日《よくじつ》からは大いばりでキリさんの説を言いふらした。

大谷寺《おおやじ》の宝物館《ほうもつかん》に展示《てんじ》されている「縄文《じょうもん》時代の人骨《じんこつ》」は、1965（昭和40）年、工事中にお堂《どう》の下から発見された。エジプトのミイラは薬品を使って防腐処理《ぼうふしょり》を施《ほどこ》し、乾燥《かんそう》させたもの。一方、大谷寺《おおやじ》のものは埋葬《まいそう》された人が、ぐうぜんにミイラ化したと考えられる。このミイラは「人骨《じんこつ》」と紹介《しょうかい》されるが、横たわった姿《すがた》をとどめているので「ミイラ」と呼《よ》んでもさしつかえなさそうだ。人骨《じんこつ》とミイラの中間という感じだろうか。

茨城県

# 理由《わけ》あって納豆《なっとう》を買う

「お、梅の木がいっぱいだな。」

ここは茨城県の名所、**偕楽園**《かいらくえん》。梅の木が約３０００本もある庭園だ。

「この庭園、江戸《えど》時代からあるんだろ？　なんでこんなに梅ばっか植えたのかね？」

マッキーが言うと、キリさんは待ってましたとばかりの顔になる。

「偕楽園《かいらくえん》を造《つく》ったのは水戸藩主《みとはんしゅ》の徳川斉昭《とくがわなりあき》だ。江戸幕府《えどばくふ》最後の将軍《しょうぐん》、徳川慶喜《とくがわよしのぶ》のお父さんだな。**梅は花が美しくて香りもいいし、実がいざというときのたくわえになるからだって。**梅干《うめぼ》しにすれば保存《ほぞん》がきくし、酸味《さんみ》成分には疲労回復《ひろうかいふく》の効果《こうか》がある。」

「ふーん、そんな理由があったのか。あ～、猛烈《もうれつ》に腹《はら》が減《へ》ってきた。」

偕楽園《かいらくえん》を出たふたりはスーパーマーケットを目指した。キャンピングカーの中では、今ごろ炊飯器《すいはんき》が白い蒸気《じょうき》をふき上げているはず。帰ったら炊《た》きたてのご飯を食べる幸せな時間が待っている。スーパーに着くと、キリさんはやにわに口を開いた。

「さ～、納豆《なっとう》買うぞ！」

「梅干《うめぼ》しが食べたくなったよ、オレは。」

「いや、納豆《なっとう》だ。」

キリさんはなぜか断固《だんこ》とした口調である。

「キリさんは納豆《なっとう》、オレは梅干《うめぼ》しでいいじゃん？　たっぷり飯を炊《た》いてるし、納豆対《なっとうたい》梅干《うめぼ》し、どっちがご飯をたくさん食べられるかの大食い大会を開催《かいさい》しようぜ。」

「ダメだ。おまえが梅干《うめぼ》しを食べてたら、オレも梅干《うめぼ》しを食べたくなるじゃないか。」

妙《みょう》な理屈《りくつ》だが、キリさんの勢《いきお》いに負けてマッキーは梅干《うめぼ》しの売り場を通りすぎる。

小さなスーパーとはいえ納豆《なっとう》売り場は充実《じゅうじつ》している。さすがは納豆《なっとう》の名産地・茨城県。キリさんはいろんなメーカーの納豆《なっとう》を買い物カゴにポンポン入れていく。

「納豆《なっとう》はいい！　うまいし栄養はあるし、しかも安い！」

あまり名物にこだわらないキリさんが納豆《なっとう》に執着《しゅうちゃく》する理由は「安さ」らしい。

横で棚《たな》に豆腐《とうふ》を並《なら》べていた女性《じょせい》の店員さんが、パッとキリさんに視線《しせん》を向けた。

その視線《しせん》を感じて、キリさんは「あの、何か？」と声をかける。

「あ、すみません。前に納豆《なっとう》を毎日20〜30個《こ》買ってたお客さんに似《に》てたので。」

すると、横から「店長」のプレートをつけたおじさんが話に加わる。

「似《に》てるよね。ぼくも『**おそばくん**』かと思った。」

「どうして『おそばくん』なんですか？」

マッキーが聞くと、店長が答えた。

「彼《かれ》は納豆《なっとう》の前には、そばを大量に買う人だったんです。しばらくしたら納豆《なっとう》に変わって。最近は冷凍《れいとう》の枝豆《えだまめ》にハマってるね。」

「ですよね。だから、あら、また納豆《なっとう》にもどったのかと思って。でも、どうしていろんな食べ物を大量買いするんでしょうね。」

店員さんは目を細めて笑った。

「テレビで健康にいいとか紹介《しょうかい》されて、影響受けてるんじゃない？」

マッキーは自信ありげだが、キリさんは首を横に振《ふ》る。

「いくらなんでも量が多すぎる。**たぶん量を食べることが目的だったんです**。また来年、同じ時期にそばと納豆《なっとう》と枝豆を大量買いしたら、オレの推理《すいり》は当たってたことになる。」

**Q**

**『おそばくん』が納豆《なっとう》とそばを大量買いした理由とはなんだろうか。**

# A
## 解《かい》説《せつ》

その男性《だんせい》は、**茨城県水戸市《みとし》で行われた「水戸納豆《みとなっとう》早食い世界大会」のための練習をすべく、納豆《なっとう》を大量買いしたのだ**。キリさんは「そば（わんこそば）」も「枝豆《えだまめ》」も早食いのコンテストが行われていることから推理《すいり》を展《てん》開《かい》したわけだ。店長がその場でコンテストの情報《じょうほう》を調べてみると、公開されている動画に、納豆《なっとう》（とご飯）をかきこむ『おそばくん』の姿《すがた》があった。岩手まで遠征《えんせい》してわんこそばの大会に参加していたことも確認《かくにん》できた。さまざまな早食い、大食いのコンテストが開催《かいさい》されているが、危険《きけん》なのでみなさんは絶対《ぜったい》にマネしてはダメ。実《じっ》際《さい》、食べ物がのどに詰《つ》まって窒息《ちっそく》する死亡事故《しぼうじこ》も起こっている。食べ物はゆっくりおいしく味わって食べよう！

茨城県の水戸納豆《みとなっとう》は全国的に有名。**明治時代に、笹沼《ささぬま》清左衛門《せいざえもん》という人が「納豆《なっとう》を水戸《みと》の名物にしよう。」と納豆《なっとう》作りに力を注いだことがきっかけだ**。明治時代の中ごろに水戸《みと》に鉄道が開通すると、観光客のおみやげとして評判《ひょうばん》を呼《よ》び「水戸納豆《みとなっとう》」の名は全国的に広まった。

北海道

# あのあやしい警察官《けいさつかん》は誰《だれ》だ？

マッキーはラーメンのスープを一滴《いってき》残さず飲《の》み干《ほ》すと、どんぶりを置いた。

「あ〜、うまかった！」

「満足したようでけっこうけっこう。ラーメンラーメンとうるさかったからなぁ。」

キリさんとマッキーが羽を休めているのは、茨城からフェリーに乗ってやってきた北海道。道庁所在地《どうちょうしょざいち》である札幌市《さっぽろし》にほど近い、千歳市内《ちとせしない》のドライブインだ。

「**北海道の三大ラーメンは札幌《さっぽろ》のみそラーメン、旭川《あさひかわ》のしょうゆラーメン、函館《はこだて》の塩ラーメンだ。**全部食べくらべしたいなぁ。あと海鮮《かいせん》と本場のジンギスカンも。」

「マッキーは食べることばっかりだな。」

「料理もりっぱな文化だぜ。豊《ゆた》かな食文化がどんなに日常《にちじょう》を楽しくしてくれてることか！　キリさんももっと感動すりゃいいのに。」

「北海道といえば……オレは網走刑務所《あばしりけいむしょ》を見に行きたかったね。」

「網走《あばしり》はさすがに遠すぎだろ？　そんなに観光に時間使うよゆう、あるの？」

マッキーにつっこまれ、キリさんはスマホで地図を見て移動《いどう》時間を計算する。

「ないね。まずは阿部《あべ》のおっちゃんに連絡《れんらく》しないとな。」

「阿部《あべ》のおっちゃんってもう定年で、警察《けいさつ》を退職《たいしょく》したんじゃなかったっけ？」

「そうだけど、今も後輩《こうはい》たちの面倒《めんどう》を見てるらしい。オレに相談があるんだってさ。」

そのとき、不意にふたりの背後《はいご》から声がした。

「失礼ですが、警察《けいさつ》関係の方ですか？」

振《ふ》り向《む》くと、警察官《けいさつかん》が立っている。

「あ、まぁ……そんなようなものです。」

キリさんがぼかして言うと、警察官《けいさつかん》はまじめな顔で「ご苦労様です。」と一礼した。

それからスタスタとカウンターに向かい、何やら注文している。

キリさんはマッキーに目で合図した。マッキーはキリさんの言いたいことがわかったようで、軽くうなずく。キリさんはこの警察官《けいさつかん》を不審《ふしん》に思った。いくら警察官《けいさつかん》だからって、他人の会話を立ち聞きするのはおかしい。

警察官《けいさつかん》はコーヒーを運んできて、ふたりの前に「差し入れです。」と置いた。

「ごちそうになります。ちょっと失礼、急ぎで電話する約束がありまして。」

キリさんはスマホを手に取る。マッキーはハラハラしていた。

キリさんはこの男が〈怪力乱神《かいりきらんしん》〉の手先で、ふたりの行動を探《さぐ》ろうとしていると疑《うたが》っているはず。なのに、彼《かれ》の前で電話をするなんて、どういうつもりなのか。

「阿部《あべ》さん？　桐久《きりひさ》です。ええ……用件《ようけん》がすみまして今、新千歳《しんちとせ》空港の近くにいます。なるほど、今夜は警察《けいさつ》関係の施設《しせつ》に泊《と》めてもらえるんですね。ありがたい。明日はどこで会います？　国内ならどこでもすっとんで行けますよ。**阿部《あべ》さんは今、宮城でしたっけ？　あ、それは別の人か。茨城ですね、了解《りょうかい》です。**はい、車は置いていきます。また電話します。」

キリさんが電話を切ると、警察官《けいさつかん》は軽く会釈《えしゃく》してそそくさと立ち去った。

その後《うし》ろ姿《すがた》を見ながら、キリさんはゆかいそうに言った。

「ありゃニセ警官《けいかん》だ。茨城空港に先回りするために航空券《こうくうけん》を買いに行ったんだろう。」

「でも、阿部《あべ》のおっちゃんと茨城で会う約束をしたのは本当だろ？」

「ああ、だからあいつに聞かせたのさ。**オレたちとは別の茨城に行くようにね。**」

Q

**キリさんの言葉は何を意味しているのだろうか。**

# A
## 解《かい》説《せつ》

キリさんが阿部《あべ》氏と会う約束をしたのは、**関東の茨城県ではなく、北海道内の「茨城」という土地だ**。その前にキリさんが口にした「宮城」も北海道にある。北海道内にはそのほかにも、岩手、秋田、山梨、岐阜、滋賀など、県名と同じ地名がたくさんあるのだ。北海道には、明治時代の開拓《かいたく》をきっかけに本州の各地からたくさんの人が移住《いじゅう》してきた。同じ地域《ちいき》から集団《しゅうだん》で移住《いじゅう》した人々が、故郷《こきょう》の名前をつけたと考えられている。

キリさんは阿部《あべ》氏との会話で「茨城」という地名が出てくるのを見越《みこ》して、警察官《けいさつかん》にわざと話を聞かせたのだ。思ったとおり、この男はニセ警察官《けいさつかん》で〈怪力乱神《かいりきらんしん》〉のメンバーだった。彼《かれ》は「新千歳《しんちとせ》空港の近く」「宮城」「茨城」と、地名を続けざまに聞かされ、まんまとキリさんの作戦にハマった。男は翌朝《よくあさ》、新千歳《しんちとせ》空港から飛行機で飛び立ち、〈怪力乱神《かいりきらんしん》〉の精鋭《せいえい》を集めて茨城空港に潜《ひそ》んでいたが——いつまでたってもキリさんたちは現《あらわ》れなかったのである。

青森県

# その女の子ミランダ

勇ましい顔の男がグワッと手を開いたポーズの人形の姿《すがた》が近づいてくる。山車《だし》の上の巨大《きょだい》な人形は、正確《せいかく》にいうと灯《あか》りがともる「灯籠《とうろう》」で、暗い夜空によく映《は》える。

「これは弁慶《べんけい》と牛若丸《うしわかまる》かな？　**ねぶた祭**って初めて見たけどすごい迫力《はくりょく》だな！」

キリさんは興奮《こうふん》ぎみに前に乗り出した。

キリさんたちが訪《おとず》れているのは、青森ねぶた祭。国内はもちろん海外からもたくさんの観光客が訪《おとず》れる、東北の夏の風物詩である。

大きな山車《だし》の後には、太鼓《たいこ》と笛のリズミカルなおはやし隊が続く。そして、さらに色鮮《いろあざ》やかな花笠《はながさ》をかぶった人たちがピョンピョンはねながらついてくる。

「あのピョンピョンはねてるのは『**ハネト**』っていう踊《おど》り手《て》なんだって。」

スマホを見ながらマッキーが大きい声で言うと、そばを通過《つうか》した女子高生らしいハネトがにっこりと笑いかけてきた。

「ラッセラー、ラッセラー。ごいっしょにかけ声をどうぞ！」

マッキーは満面の笑《え》みで「ラッセラー、ラッセラー。」とさけんだ。そのまま彼女《かのじょ》についていきそうなマッキーのシャツを、キリさんは引っぱった。というか、キリさんはそのとき、フラフラとハネトの群れからはなれてきた少年が気になったのだ。

「どうしたの？　具合でも悪くなった？」

少年は声をかけられて顔を上げた。

「いえ。そういうわけじゃ……。」

少年は目元をぬぐう。それから、自分がいたハネトの隊列をながめながら言った。

「ただ、ちょっとこういう気分じゃなくなっちゃって。」

キリさんは少年の肩《かた》をポンとたたいた。

「よかったら、わけを聞かせてよ。力になれるかもしれない。仲間に遅《おく》れないように歩きながら話そうか。」

「ぼく、工藤聖司《くどうせいじ》です。中学2年生です。こんなこと相談できる人がいなかったからうれしいです。」

聖司《せいじ》くんは、キリさんに名刺《めいし》をもらって驚《おどろ》きながらも安心したように話し始めた。

「ちょっとショックなことがあって。」

**「ははーん、ズバリ恋《こい》の悩《なや》みだな⁉」**

マッキーが言うと、聖司《せいじ》くんの顔が真っ赤になる。

「え、マジで当たりだった？」

オロオロするマッキーをキリさんがつつく。

「おい、茶化すなよ。こういうのはデリケートな話なんだから。」

聖司《せいじ》くんはキリさんたちに小さく頭を下げる。

「短期留学生《りゅうがくせい》のミランダっていう子が、明日ブラジルに帰るんです。7月にぼくのクラスに来て、それからハネトの練習もずっといっしょにやってきて。これで会えなくなるの残念だから……ぼく、手紙を書いたんですよ。」

「手紙とは古風だね。」

「ミランダはけっこう日本語をしゃべれるんだけど、書くのは苦手なんです。ひらがなを書くのがやっと。でも、みんなとのやり取りが紙に残るのがうれしいから手紙が好きだって。」

「へえ、おもしろい子だね。」

キリさんが言うと、聖司《せいじ》くんの顔がほころぶ。

「ミランダが来たばっかりのころ、壁新聞《かべしんぶん》をいっしょに作ったんです。そのとき、ミランダが書きまちがえちゃったんです。『ねぶた』を『ねたぶ』って。紙の予備《よび》がない し困《こま》ったなと思ったら、ミランダがハサミで字を切って、並《なら》べ替《か》えて貼《は》ったんです。」

「機転が利《き》く子だね。」

「『頭がやわらかいね。』ってほめたら、『頭、やわらかくないよ？』って頭をトントンたたいてキョトンとしてたんですよ。それで『頭』にまつわる慣用句《かんようく》を教えたりして……これがきっかけで仲よくなったんですよね。」

「そうかぁ。」

聖司《せいじ》くんはふっとうつむいた。

「さっきミランダに渡《わた》した手紙には全部ひらがなで、ぼくの気持ちを書きました。きらわれてはいないと思ってたんだけど。これがミランダからの返事です。」

聖司《せいじ》くんはおりたたんだ紙を取り出し、キリさんとマッキーの前で開いた。

水色の台紙に、ピンクの紙に書いたひらがなが1文字ずつ貼《は》ってある。

「『あ』『た』『ま』『い』『た』『い』?」

聖司《せいじ》くんはため息をついた。

「ぼくが教えた『頭』の慣用句《かんようく》を使って返事してきたわけですよ。」

「悪いけど、聖司《せいじ》くんは手紙になんて書いたのか教えてくれないか?」

キリさんがたずねると、聖司《せいじ》くんはまた少し顔を赤らめる。

「直球で。『みらんだ　きょうで　おわかれなんて　さびしいよ。きみが　すきです』

……って。」

キリさんはミランダさんからの返事をじっとながめた。「頭が痛《いた》い」は何かについて「困《こま》っている」とか「悩《なや》んでいる」という意味だ。もう少し拡大解釈《かくだいかいしゃく》すると「めんどうだ」とか……どっちにしろいい意味ではない。

マッキーがポンと手を打った。

「わかった! もしかして、今日ミランダさんは頭痛《ずつう》がするんじゃないの。それを聖《せい》司《じ》くんだけにうったえてるとか?」

「どう見ても元気そのものですよ。」

キリさんとマッキーは聖司《せいじ》くんの指さすほうをながめた。

あたま
いたい

金色の髪《かみ》をポニーテールにしているのがミランダさんらしい。女の子たちと手を取り合ってだれよりも勢《いきお》いよくとびはね、楽しそうに声をはり上げている。

キリさんは、水色の紙片《しへん》をじっとながめた。

**「ちなみに、聖司《せいじ》くんのほかにミランダさんを好きな可能性《かのうせい》のある子はいないの？」**

「います。ミランダと同じ班《はん》の時坂《ときさか》ってヤツ。時坂《ときさか》もミランダとすごく仲がいいです。じつはこの返事は、時坂《ときさか》から渡《わた》されたんですよ。ミランダから頼《たの》まれたって。」

「ふむ。なぜ、ミランダさんはきみへの返事を時坂《ときさか》くんに預《あず》けたのかな。きみの顔を見たくもなかったからか。反対に、聖司《せいじ》くんが好きで照れくさかったからか……。」

聖司《せいじ》くんは不可解《ふかかい》な顔をした。キリさんは聖司《せいじ》くんの背中《せなか》を軽く押《お》し、仲間のところにもどるよううながした。

「これが終わったら、ミランダさんとふたりだけでちゃんと話しておいで。**オレの推《すい》理《り》では――時坂《ときさか》くんがやきもちを焼いてこの手紙をいじったんじゃないかと思うね。**」

Q

**キリさんは、ミランダさんからの返事は、第三者が手を加えたものだと推理《すいり》した。どういうわけだろうか。**

# A
## 解《かい》説《せつ》

キリさんの推測《すいそく》どおり、ミランダさんの手紙を預《あず》かった時坂《ときさか》くんは手紙を開いて盗《ぬす》み読《よ》みをした。そこには**「またあいたい」**と書いてあったのだ。時坂《ときさか》くんは嫉妬《しっと》した。そこで、**ミランダさんがたびたび「切《き》り貼《ば》り」していたことを思い出し、文字を入《い》れ替《か》えて「あたまいたい」という文面に変えてしまったのだ。**

悪事がバレた時坂《ときさか》くんは「聖司《せいじ》がうらやましかったからやってしまった。」と認《みと》め、ふたりに謝罪《しゃざい》して仲直りしたという。ミランダさんは予定どおり次の日にブラジルに帰国したが、ふたりは手紙を送り合うこと、いつか再会《さいかい》することを約束したのである。

「青森ねぶた祭」は毎年８月２日から７日まで開催《かいさい》される。歌舞伎《かぶき》や狂言《きょうげん》、神話などの登場人物、歴史上《れきしじょう》の人物をモチーフにした巨大《きょだい》ねぶた（灯籠《とうろう》）が街中を練り歩く華《はな》やかな夏祭りだ。「秋田竿燈《かんとう》まつり」（秋田県）、「仙台《せんだい》七夕まつり」（宮城県）とあわせて「東北三大祭り」と呼《よ》ばれる。

秋田県

# 曲げわっぱはなぜ増《ふ》えていく

「おーいキリさん、待てよ〜！　これ見て。これ、いいんじゃね？」

キリさんがふり向くと、マッキーが「秋田県特産品市場」というのぼりの下で立ち止まり、目をキラキラさせていた。

「なんだ、いぶりがっこか？　きりたんぽか？」

キリさんはどうせ名物の試食サービスに引っかかったんだろうと思ったが、意外なことにマッキーがつかんでいるのは楕円形《だえんけい》の白木の箱だ。

「なんだそりゃ？」

「弁当箱《べんとうばこ》だよ。」

すると、後ろにいたおじいさんが口をはさむ。

「これは**大館《おおだて》曲げわっぱ**っていうんだ。」

大館《おおだて》曲げわっぱとは、江戸《えど》時代から作られている秋田県大館市《おおだてし》の伝統《でんとう》工芸品。うすくけずりとったスギの板を曲げて作られた器《うつわ》だ。

弁当箱《べんとうばこ》や、ご飯を入れておくおひつとして使われることが多い。

「これに入れると冷めたご飯もおいしく食べられるんだ。夏は水分を吸《す》いこんで、冬は水分を出して調節する性質《せいしつ》があるんだって。」

マッキーはたった今聞いたことをペラペラしゃべった。

「はぁ、弁当箱《べんとうばこ》ねぇ……。」

キリさんはマッキーが持っている曲げわっぱを受け取った。スギ特有のさわやかな香りがふわりと漂《ただよ》う。軽いし、フタをかぱっとかぶせる感触《かんしょく》も心地《ここち》よい。

しかし、キリさんは値札《ねふだ》を見てギョッとする。

「うわ、1万円以上するのか。」

おじいさんは、こんなセリフは聞《き》き慣《な》れているのだろう。

まったく気を悪くしたふうもない。

「そりゃあね。これはオレら職人《しょくにん》が一個一個《いっこいっこ》、手作業で作ってるんだもの。だけど、一回これに入れたご飯を食べたらびっくりするよ。」

おじいさんはたたみかける。

「ちょっと高いけど、プラスチックの弁当箱《べんとうばこ》なんかとはちがうんだから。この曲げわっぱは長持ちするのよ。だいじに使えば30年はもつね。シンプルで見飽《みあ》きないし。」

キリさんは曲げわっぱをしげしげとながめた。

「しかし、どうやって木を曲げているんですか？」

おじいさんはうれしそうな顔をした。

「かんたんにいうと、板をゆでてやわらかくするんだ。まず、一晩《ひとばん》水につけて水を吸《す》わせておく。で、次の日に80度の湯で煮《に》ると、やわらかくなるってわけだ。それを、丸太にゆっくり巻《ま》きつけて曲げていくのさ。そうして、形を作ったら木ばさみではさんで1週間以上乾燥《かんそう》させる。」

「はぁ。ものすごく手間がかかるんですね。それは高くてもしょうがない。」

「そりゃそうよ。その後も、ただ底の板をはりつけてでき上がりじゃないからね。**木材の選び方も木のはぎ方も仕上げも、職人《しょくにん》の技術《ぎじゅつ》の結晶《けっしょう》なんだ。**」

マッキーはキリさんのほうに向き直る。

「ねぇ、キリさんこれ買おうよ。オレらのキャンピングカー生活がグレードアップすると思わない？」

キリさんが考えこんでいると、マッキーは曲げわっぱを両手に持ち、「買ってぇ〜、買ってぇ〜。」とさわぎ始めた。

「やめろ！　子どもかよ！」

キリさんはマッキーをけっとばしたが、ポケットからさいふを取り出した。

さいふのヒモがかたいキリさんにしてはめずらしいことである。

「ありがとう。ちょっとオマケしてやるよ。」

おじいさんは曲げわっぱを袋《ふくろ》に入れてふたりに渡《わた》した。

そして、代金を小型《こがた》のレジに入れると首をひねったのである。

**「ありゃ、おかしいな……。」**

それから並《なら》べてある曲げわっぱを一つひとつ指さしながら数える。

「どうしたんです？　お金が足りないとか？」

「もしかして盗《ぬす》まれたとか？」

「いや、そうじゃないんだ。」

そこに、若《わか》い……といっても30代なかばくらいの男がやってきた。

おじいさんは彼《かれ》を手招《てまね》きする。

「おい、光輝《みつき》。おまえ、会計まちがってねぇだろうな？」

光輝《みつき》さんは首を横に振《ふ》る。

「そんなことないと思います。いくらのが売れたかは全部帳簿《ちょうぼ》につけてありますよ。」

おじいさんと光輝《みつき》さんは、いっしょにレジのお金を数えた。

「確《たし》かに帳簿《ちょうぼ》の記録とお金はあってる。なのに、**わっぱの数が４つ多いんだよ**。お金だけもらって、わっぱを渡《わた》し忘《わす》れたってことはないだろうな？」

「いくらなんでもそんなミスしませんよ。」

「じゃあ、これはどう理由をつけるんだ？」

「さぁ……。最初に数えまちがったんじゃ？」

「そんなわけないと思うがなぁ。」

不穏《ふおん》なムードでおじいさんと光輝《みつき》さんが見つめあったままなので、キリさんとマッキーは曲げわっぱをかかえて退散《たいさん》したのである。


「曲げわっぱが足りないなら事件《じけん》だけど、多い分にはいいんじゃない？」

「いや、そういうわけにもいかないだろう。」

増《ふ》える曲げわっぱが気になったキリさんたちは次の日、様子を見にやってきた。

すると、おじいさんはすばやくふたりを見つけ、声をかけてきたのである。

「きのうの兄ちゃんたち！　聞いてくれよ。また、わっぱがふたつ増《ふ》えてるんだ。」

おじいさんの口調はちょっときつい感じである。

「きのうの……光輝《みつき》さんは、いないんですか？」

キリさんは、あたりを見回した。

「彼《かれ》は、お孫さんですか？」

「ああ、そうだ。オレんとこで働いてるんだが、生意気でな。まだひよっこ職人《しょくにん》のくせに、独立《どくりつ》して友達と店を出したいとか言い出しやがってよ。『ひとりでオレのと見分けがつかないレベルの曲げわっぱが作れるようになったら許《ゆる》してやる。』って言ってやったけどな。」

キリさんはこれを聞くと、ニヤリと笑ったのである。

「ああ、謎《なぞ》が解《と》けた。つまり……**あなたのほうが試《ため》されていたわけなんですね。**」

Q

**キリさんの言葉は何を意味しているのだろうか。**

# A 解《かい》説《せつ》

**光輝《みつき》さんは、自分だけで作った曲げわっぱをこっそり売り場に交ぜていたのである。**だが、おじいさんは、売り場にいながらそれに気づかなかった。孫の腕《うで》を「まだまだ」と思いこむあまり、光輝《みつき》さんが自分と同じレベルのものを作れる可能性《かのうせい》に思《おも》い至《いた》らなかったのだ。光輝《みつき》さんに問いただすと、キリさんの言ったとおり。おじいさんは、光輝《みつき》さんが独立《どくりつ》することを許《ゆる》したという。

秋田県の大館《おおだて》曲げわっぱは奈良時代からあったといわれる。江戸《えど》時代に、当時の大館《おおだて》城主が、農民たちが作る曲げわっぱを見て、下級武士《ぶし》たちにも副業とするように指示《しじ》した。それから産業として定着したそうだ。雪が多く寒い土地では木の成長がゆるやかで、その分強度のあるまっすぐな木が育つ。**天然秋田スギは、木曽《きそ》ヒノキ（長野県、岐阜県）、青森ヒバとともに日本三大美林と呼《よ》ばれる。**

## 岩手県

# 003／図書室から愛をこめて

「今、ちょっとした謎《なぞ》があってさぁ。」

小学5年生の一起《かずき》くんがもったいぶった調子で言ったので、お父さんである山添警部《やまぞえけいぶ》はクスッと笑う。

「これはこれは。せっかく名探偵《めいたんてい》がいらしてるんだ。ぜひその難事件《なんじけん》の話を桐久《きりひさ》さんたちに聞いてもらったらどうだ。」

「やんなっちゃうな。ぼくは難事件《なんじけん》なんて言ってないからね。これはいわゆる『日常系《にちじょうけい》ミステリー』の部類だから。」

キリさんはヒューッと口笛を吹《ふ》いた。

「一起《かずき》くん、『日常系《にちじょうけい》ミステリー』なんて言葉、よく知ってるね。」

「そのくらい常識《じょうしき》だよ。ぼくは将来《しょうらい》ミステリー作家になろうと思ってるんだから。」

一起《かずき》くんは得意《とくい》そうに言った。殺人《さつじん》などではなく、身近で起こるちょっとした謎《なぞ》を扱《あつか》った推理《すいり》小説を「日常系《にちじょうけい》ミステリー」とか「日常《にちじょう》の謎《なぞ》」などと呼《よ》ぶ。

キリさんとマッキーはとある事件《じけん》でご縁《えん》ができた山添警部《やまぞえけいぶ》の自宅《じたく》に招《まね》かれていた。

キリさんはどんなごちそうよりも「謎《なぞ》」が大好物。楽しい夜になりそうである。

「ぼく、学校で図書委員をやってるんだけどさ。**ぼくが当番の火曜の昼休みに必ず図書室に来て、宮沢賢治《みやざわけんじ》の本を借りていく女子がいるんだよね。**」

宮沢賢治《みやざわけんじ》は、岩手生まれの作家で詩人。子どもから大人まで広く愛されている。

「ふーん、どんな子なの？」

「ぼくは3組なんだけど、その子——杉尾《すぎお》さんは2組の転校生なんだ。3か月前に神奈川県から引っこしてきたらしいよ。」

「岩手の生活になじむべく、岩手の大スター・宮沢賢治《みやざわけんじ》を読むことにしたのかな？」

「でも、同じ本を何度も借りるんだよ。」

「くり返し同じ本を楽しむタイプの子もいるよ。別にめずらしくないと思うけど。」

『銀河鉄道《ぎんがてつどう》の夜』みたいな長編《ちょうへん》小説ならともかく、『セロ弾《ひ》きのゴーシュ』とか『注文の多い料理店』みたいな絵本をくり返し借りるのはよくわからないんだよなぁ。」

「弟か妹のために借りてるとか？」

「そう思って調べたんだけど、ひとりっ子なんだって。」

「杉尾《すぎお》さんは筋金入《すじがねい》りの本好きなんだろうね。」

「でも、この間『風の又三郎《またさぶろう》』を3回目に貸《か》し出《だ》したとき、『そんなにおもしろかった？』って聞いたら『まだ読んでない。』って、サッと行っちゃってさ。」

「読み終わらないうちに返却期限《へんきゃくきげん》がきちゃうことはよくあるよ。一起《かずき》くんは読むのが早いタイプだろうけど、みんながそういうわけじゃないからね。」

一起《かずき》くんは頭をかいた。

「そうだよね。うん。で、**この2週間、杉尾《すぎお》さんが来なくなったんだよ。**休みかなと思って2組をのぞきに行ったらちゃんと来てる。」

「一起《かずき》くんがプレッシャーかけたから、ほかの曜日に行くようになったとか？」

「ううん。ほかの曜日にも来てないんだよ。」

キリさんは一起《かずき》くんの背中《せなか》を軽くたたいて言った。

「なるほど。じゃあ、オレの推理《すいり》を発表しようか。**杉尾《すぎお》さんには毎週火曜の昼休みに図書室に来る理由があった。で……彼女《かのじょ》の目的はほぼ達成されていると思うね。**」

Q

**キリさんは、杉尾《すぎお》さんの目的をみごとに言い当てた。それは何か。**

## A 解説《かいせつ》

杉尾《すぎお》さんの目的は、一起《かずき》くんに自分の存在《そんざい》をアピールすること。そう、**杉尾《すぎお》さんは転校早々、一起《かずき》くんに一目ぼれしていたのだ**。図書委員をやっている人はたいてい本が好きだ。そこで、同じ作家の同じ本を借り続ければ、覚えてもらえるだろうと思ったのだ。２週続けて図書室に現《あらわ》れなかったのは、一起《かずき》くんの言葉に気を悪くしたためではない。「覚えてもらった」と確信《かくしん》したところで姿《すがた》を現《あらわ》さなくなれば、自分のことを気にするだろうという作戦だったのである。

一起《かずき》くんは杉尾《すぎお》さんのことでいつの間にか頭がいっぱいになっていたわけだから、彼女《かのじょ》の戦略《せんりゃく》は大成功といえる。キリさんに「杉尾《すぎお》さんは最初から一起《かずき》くんの気を引こうとしていたのでは？」と説明された一起《かずき》くんは真っ赤になったが、まんざらでもないようだ。その後、ふたりは仲よくなったというが……一起《かずき》くんは照れまくって、くわしいことは教えてくれないそうである。

宮城県

# こけしたちの鳴くところ

「桐久《きりひさ》さんと牧野《まきの》さんですね。お待ちしてました！　ぼくが越川《こしかわ》です。」

車から降《お》りたキリさんとマッキーを、越川《こしかわ》くんは満面の笑《え》みで出迎《でむか》えた。

「どうも、桐久《きりひさ》です。お招《まね》きありがとう。」

「ぼくは牧野《まきの》です。ゲストハウスって、ふつうの家みたいな感じなんですね。」

「もとはふつうの家ですからね。さっそく写真を撮《と》ってもいいですか？」

越川《こしかわ》くんの求めに応《おう》じ、キリさんとマッキーは「ゲストハウスこしかわ」という看《かん》板《ばん》に手をかけてポーズをとった。

東京育ちの越川《こしかわ》くんがここに移住《いじゅう》してきたのはつい最近だ。かつて遠い親せきが住んでいたもののずっと空き家になっていた一軒家《いっけんや》を改装《かいそう》して、ゲストハウスをオープンしたのである。

ゲストハウスとはシンプルな宿泊施設《しゅくはくしせつ》のこと。宿泊料《しゅくはくりょう》は安く、初対面の客同士《どうし》が相部屋になることもある。部屋にはベッドがあるくらいで、お風呂《ふろ》や洗面所《せんめんじょ》、トイレは

共用。食事はキッチンで自炊《じすい》できるところが多い。

「ありがとうございます。桐久《きりひさ》さんみたいな有名人が来てくれたなんてすごい宣伝《せんでん》になりますよ。」

越川《こしかわ》くんはキリさんの大ファンだった。そこで「宮城県に来ることがあれば無料で泊《と》めるので宣伝《せんでん》に協力してほしい」とメールを送ってよこしたのである。

3人がリビングルームで雑談《ざつだん》していると、もうひとりお客がやってきた。

「こんにちは、予約していた磯崎《いそざき》です。」と名乗った男性《だんせい》は気の向くまま全国を旅行中という。

「8年間勤《つと》めた会社をやめまして。再就職《さいしゅうしょく》する前に1年くらいバイクであちこちを旅しようと思ったんですよ。」

「へぇ、うらやましい。優雅《ゆうが》ですねぇ。」

マッキーが言うと、磯崎《いそざき》さんはニヤッと笑う。

「貧乏《びんぼう》旅行ですよ。そろそろ貯金《ちょきん》も残り少なくなってきたし。まぁ、学生時代にもよく放浪《ほうろう》旅行をしてたんで、旅は慣《な》れたもんです。」

磯崎《いそざき》さんがいろいろな旅の経験談《けいけんだん》を話し、キリさんも越川《こしかわ》くんにせがまれて事件解《じけんかい》決《けつ》の裏話《うらばなし》を披露《ひろう》する。

越川《こしかわ》くんが用意した鍋《なべ》をつつきながらしゃべっているうちに夜はふけていった。こうして初対面同士《どうし》、リビングルームで交流できるのがゲストハウスの良さである。

「さあ、みなさんを部屋に案内しなくっちゃ。今、使える部屋は3つしかないんです。2階はこれから改装《かいそう》するんで。こちらへどうぞ。」

ろうかがギシギシと音を立てるあたり、だいぶ古い家のようだ。

「全室2段《だん》ベッドですけど、桐久《きりひさ》さんと牧野《まきの》さんは同じ部屋がいいですか？」

「いや、マッキーの顔は見飽《みあ》きてるから。別々にしてもらえるならありがたいね。」

「けっ、そりゃあこっちのセリフだぜ！」

「わかりました。せまい部屋もあるんで……公平にくじ引きで決めますね。」

越川《こしかわ》くんはポケットからあみだくじが書かれた紙切れを取り出した。

「牧野《まきの》さんはこちらの1号室です。一番せまい部屋で申《もう》し訳《わけ》ないですけど。」

「全然かまわないですよ。」

しかし、部屋をのぞきこんだマッキーは、「うっ。」と小さくうめいた。

**「あ……これ、気になりますか？」**

越川《こしかわ》くんがすまなそうに示《しめ》したのは、がっしりした木製《もくせい》の戸棚《とだな》。ガラスの扉《とびら》の中には古そうなこけしがずらりと並《なら》んでいる。大きいのや小さいの、全部で30個《こ》以上ありそうだ。

「こけしなんかにビビってんのかよ。」

キリさんが茶々を入れると、越川《こしかわ》くんが取りなした。

「こけしってちょっと不気味ですよね。ぼくも苦手で。」

磯崎《いそざき》さんも部屋をのぞきこむ。

「これ、越川《こしかわ》さんの親せきの方のですか？」

「そうみたいです。ジャマだし捨《す》てようかなぁ。この家にある物の処分《しょぶん》はまかされてるんで。古いこけしをコレクションしてる人もいるらしいけど、ぼくには魅力《みりょく》がわかりませんね。夜中に目が覚めて大量のこけしと目が合ったらこわくないですか？」

マッキーは深くうなずいた。

「だよね。ぼく、上のベッドに寝《ね》ようっと。」

「それがいいですね。磯崎《いそざき》さんは向かいの3号室、桐久《きりひさ》さんはとなりの2号室ですね。各部屋に鍵《かぎ》はついてないんで貴重品《きちょうひん》はロッカーに入れてください。あ、そうだ。

お風呂《ふろ》、入りますよね。」

3人はまたまたくじを引き、順番に風呂《ふろ》を使うと、それぞれの部屋で眠《ねむ》りについた。

そして、翌朝《よくあさ》。

**「ひぇぇ――――っ！」**

キリさんは、マッキーのさけび声で飛び起きた。

「なんだ、どうした!?」

マッキーは部屋の前に飛び出してガタガタふるえている。

越川《こしかわ》くんと磯崎《いそざき》さんもやってきた。

「ちょっと……あれ見てよ！」

「え？　うわっ！」

一同は顔を見合わせた。

**昨夜は確《たし》かに真正面を向いていたこけしが、そろって左を向いている。**こけしの胴《どう》体《たい》に描《か》かれた着物は前を向いているから、首だけ「左向け左」をしたかっこうだ。

「じつは夜中にキイキイって変な音がしててさ。」

「心霊現象的《しんれいげんしょうてき》な……いわゆるラップ音ですかね？」

磯崎《いそざき》さんがマジメな顔で言う。

「で、下を見たらさ、なんか座《すわ》りこんでたんだよ。座敷《ざしき》わらしだと思うんだ。」

「座敷《ざしき》わらしって、家に福をもたらすいい妖怪《ようかい》じゃなかったっけ？」

冷静に言うキリさんをマッキーはにらみつける。

「いいか悪いか知らないけど、部屋に座敷《ざしき》わらしがいたらこわいだろうがっ！　ヤバいと思って目をつぶってムリヤリ寝《ね》たんだよ。」

磯崎《いそざき》さんは部屋に入ってしゃがみこむと、神妙《しんみょう》な顔でこけしをながめた。

「こけしの語源《ごげん》は『子消し』で、死んだ子どもの代わりに作られたとかいうしね。これ、ぼくが預《あず》かりましょうか？　知り合いのお寺で、おはらいや人形供養《くよう》をやってるんですよ。」

「磯崎《いそざき》さん、お願いできたら助かります！　宿泊代《しゅくはくだい》はサービスしますんで！」

越川《こしかわ》くんはペコペコ頭を下げている。しかし、キリさんは磯崎《いそざき》さんを見て言った。

**「ちょっと待って。オカルトのせいにするのは、よく調べてからにしましょうよ。」**

**Q**

**こけしの異変《いへん》の理由はなんだろうか。**

# A
## 解説《かいせつ》

こけしは東北地方の伝統《でんとう》工芸品。この家の持ち主が集めていたこけしは宮城県の**「鳴子《なるこ》こけし」**と呼《よ》ばれるものだ。鳴子《なるこ》こけしは頭部を胴体《どうたい》にはめこむつくり。頭を回すとキイキイ音が鳴るのが特徴《とくちょう》だ。磯崎《いそざき》さんはこれは年代ものの鳴子《なるこ》こけしだとにらみ、夜中に1号室に忍《しの》びこんで一つひとつ確《たし》かめた。つまり、座敷《ざしき》わらしの正体は磯崎《いそざき》さんだったのである。磯崎《いそざき》さんは、このこけしを「のろわれたもの」に仕立てあげ、売《う》り払《はら》おうと考えた。**最近ではこけしはブームになっていて、古いものが高く売れることがあるのだ**。悪だくみを見破《みやぶ》られた磯崎《いそざき》さんは、早々にゲストハウスを逃《に》げ出《だ》した。

ちなみに、「こけしの語源《ごげん》は『子消し』で、死んだ子どもの代わりに作られた」という説はよく語られるが、誤《あやま》りである。江戸《えど》時代の末ごろ、お椀《わん》や盆《ぼん》などを作る木工職人《しょくにん》が子どものおもちゃとして作ったのがはじまりとされる。やがて東北の温泉地《おんせんち》を訪《おとず》れる人向けのおみやげとして人気になったという。

# 山形県

# さくらんぼに聞いてみろ

道の駅に入ったキリさんとマッキーは、例のごとくおなかを空《す》かせていた。

「迷《まよ》う余地《よち》なく**米沢牛《よねざわぎゅう》**のすき焼き定食だな。」

一刻《いっこく》も早く山形名物、米沢牛《よねざわぎゅう》にありつきたいのに、注文カウンターでふたりの前にいる男はメニューを見ながらスマホでしゃべっている。しかたがなくふたりはおみやげコーナーに並《なら》ぶ**さくらんぼ**や**玉こんにゃく**、**ラ・フランス**のジャムを見ていたが、ガマンも限界《げんかい》。いよいよ男の背中《せなか》をつつきそうになったとき、彼《かれ》は大声を出した。

「にしきちゃん！　切らないで！」

そこで男はようやく自分の後ろに人が並《なら》んでいるのに気づき、順番をゆずってカウンターをはなれた。キリさんたちは注文をすませ、けげんそうに男を見やる。どうやら相手に電話を切られたらしい。ぶぜんとしてスマホを見つめている。

彼《かれ》は再《ふたた》びカウンターに並《なら》んだが、「すみません、すき焼き定食は売り切れました。」という店員の声が聞こえたので、キリさんたちはちょっとすまない気がした。

キリさんたちのすき焼き定食が運ばれてくると、となりの席についた彼《かれ》が大きなため息をついた。マッキーが同情《どうじょう》して「あの、ひと切れどうですか？」と言うと、男は笑《え》みを浮《う》かべる。

「あ、今のはそういうんじゃないんです。うまくいかないことがあって、つい。」

「よかったら話を聞きましょうか？　相談ごとは得意《とくい》なんです。」

キリさんが言うと、男はパッと顔を輝《かがや》かせた。

「ありがたい！　だれかに話を聞いてほしかったんです。」

佐藤悠一《さとうゆういち》と名乗った彼《かれ》は、山梨県に住む30歳《さい》の会社員。同じ会社に勤《つと》めている山形出身の女性《じょせい》と3年つきあっていて、先日結婚《けっこん》を申しこんだのだが——。

「断《ことわ》られたんですか？」

「いや、ＯＫしてくれたんですよ。でも、『**結婚《けっこん》するならふたつ条件《じょうけん》がある。**』って。彼女《かのじょ》はぼくがひとりっ子なのを気にしてるみたいで。」

今も親元で暮《く》らす彼《かれ》に、「あなたのご両親と同居《どうきょ》するのはイヤ。」と言ったという。

「『わかった、親には〝にしきちゃんは同居《どうきょ》はしないと言ってる〟って伝えるよ。』と言ったら怒《おこ》っちゃった。『そんな言い方、わたしが悪く思われるでしょ！』って。」

「そりゃまずかったですね。」

マッキーが言うと、男はうなだれた。それから彼女《かのじょ》はすっかりヘソを曲げ、もうひとつの条件《じょうけん》を聞こうとしてもダンマリ。

「わたしの身になって考えればわかるはずよ。あなたってわたしのこと、何もわかってなかったのね。」と、そっぽを向かれたという。

「このままじゃ話にならないんで、『きみを深く理解《りかい》するために来た。』って山形に来たら彼女《かのじょ》は感動するんじゃないかと。で、さっき電話で『これからご両親に会いに行く。』と言ったら、『非常識《ひじょうしき》だよ。』ってまた怒《おこ》られました。」

キリさんは腕組《うでぐ》みをした。

「失礼ながらあなたはだいぶズレてますね。彼女《かのじょ》は電話で何か言っていましたか？」

「あきれたように『**山形まで行ってわからないなんて、やっぱり鈍《にぶ》すぎる**。』って。」

佐藤《さとう》さんは山菜そばをズルズルすすり始めた。キリさんは箸《はし》を置いて言う。

「わかりましたよ。彼女《かのじょ》が結婚《けっこん》に、どんな条件《じょうけん》を出したいと思っているかがね。」

**Q 佐藤《さとう》さんの恋人《こいびと》が出した、結婚《けっこん》に際《さい》しての条件《じょうけん》とはなんだろうか。**

# A
## 解《かい》説《せつ》

キリさんは、男が恋人《こいびと》に「にしきちゃん」と話しかけていたのを聞き、すぐ**山形県の特産品である「佐藤錦《さとうにしき》」という名のさくらんぼ**を思《おも》い浮《う》かべていた。男のみょうじは「佐藤《さとう》」。彼女《かのじょ》は結婚《けっこん》したら「佐藤《さとう》にしき」になってしまうのをいやがっているのだ。現在《げんざい》、日本の法律《ほうりつ》では結婚《けっこん》すると、片方《かたほう》がどちらかのみょうじに変更《へんこう》しなければならない。どちらのみょうじでもいいのだが、慣習《かんしゅう》的《てき》に女性《じょせい》が男性《だんせい》のみょうじに変えるケースがほとんどだ。不公平だがそれが当たり前と思われている。

彼女《かのじょ》が「佐藤《さとう》になるのはイヤ。」と言ったら、佐藤《さとう》さんの両親との間にミゾができそうだ。彼《かれ》はひとりっ子なので両親はみょうじを残すことにこだわりそうである。だから、にしきさんは自分からは言い出したくなかったのである。

佐藤《さとう》さんは「自分が彼女《かのじょ》のみょうじに変更《へんこう》する」と決意し、無事に仲直りできた。ちなみに、山梨の特産品には「甲斐《かい》ルビー」という品種のさくらんぼがある。

福島県

# 大はずれ恋《れん》愛《あい》事《じ》件《けん》

ここは福島県が誇《ほこ》る名所、会津磐梯山《あいづばんだいさん》と猪苗代湖《いなわしろこ》を望むホテルの屋上のテラス。「気合入りすぎ」と思われない程度《ていど》にほどよくオシャレをしたこぎれいな男女が40人ほど集まり、歓談《かんだん》している。そのすみっこに、キリさんとマッキーもジャケットにネクタイをしめ、手にグラスを持ってつっ立っていた。

「これがうわさに聞く『カップリング・パーティー』ってやつか。」

キリさんは眼光《がんこう》するどく周囲《しゅうい》を見渡《みわた》す。カップリング・パーティーとは、交際《こうさい》相手を見つける目的の集まりである。キリさんたちは知り合いから「男の参加者が足りないんだ。参加費《さんかひ》はいらないから出席してくれ。」と泣きつかれた次第《しだい》。

マッキーは「なぁ、これも人助けだよ、キリさん。」とうれしそうにし、キリさんは「まぁタダで飲み食いできるならいいか。」とOKしたのである。

マッキーは、キリさんをつついて言った。

「キリさん、そんな殺人犯《さつじんはん》を捜《さが》すみたいな目つきはやめなよ。せっかくなんだから楽しまなくちゃ。社会勉強のいい機会だと思ってさ。」

「そう、人間観察のトレーニングになるよな。」

どうもキリさんの思考は「探偵《たんてい》」からはなれられないようだ。

マッキーはキリさんなんかほっといて、女性《じょせい》たちがかたまっているところにずんずん歩いていこうとしたが、思い直した。

キリさんはなかなかのイケメンなので、そばにいたほうが何かと得《とく》なはずである。

マッキーが思ったとおり、サーモンピンクのワンピースの女性《じょせい》がサッとキリさんに近づいてきた。胸《むね》のプレートには水原梨江《みずはらりえ》と書かれている。

「初めまして。桐久《きりひさ》さん？」

キリさんがあいさつを返したので、マッキーも便乗しようとすると、梨江《りえ》さんに目をつけていたらしい男がぐいっと横から割《わ》りこんできた。

「初めまして。ぼく、山川《やまかわ》といいます。」

あまりにずけずけした割《わ》りこみ方だったのでマッキーは少しムッとした。だが、梨《り》江《え》さんは山川《やまかわ》くんのネームプレートを見つめて目をキラキラさせている。

「山川健太郎《やまかわけんたろう》さん、ですか。**もしかして、山川健次郎《やまかわけんじろう》にちなんでいるんですか？**」

「山川健次郎《やまかわけんじろう》？　さぁ……聞いたことないです。」

山川《やまかわ》くんはポカンとしている。キリさんがポツリと言った。

「ああ、白虎隊《びゃっこたい》の生き残りで、のちに東大の総長《そうちょう》になった人でしたっけ？」

「そうですそうです！」

梨江《りえ》さんは顔を輝《かがや》かせた。白虎隊《びゃっこたい》とは、明治維新《めいじいしん》のときに起こった戊辰戦争《ぼしんせんそう》に際《さい》し、会津藩士《あいづはんし》の息子《むすこ》たちによって編成《へんせい》された軍隊だ。メンバーは16～17歳《さい》の少年たち。山川健次郎《やまかわけんじろう》は一度はメンバーとなったが、年齢《ねんれい》が満たなかったので除隊《じょたい》となったのだ。

「白虎隊《びゃっこたい》って、戊辰戦争《ぼしんせんそう》で死んじゃったんだっけ。ていうか戊辰戦争《ぼしんせんそう》ってそもそもなんでしたっけ？」

マッキーがそう口にすると、またまた梨江《りえ》さんの瞳《ひとみ》が熱を帯びる。

「**戊辰戦争《ぼしんせんそう》は、明治維新《めいじいしん》を進めた新政府軍《しんせいふぐん》と旧幕府軍《きゅうばくふぐん》の戦いです**。会津藩《あいづはん》、白虎隊《びゃっこたい》は旧幕府軍《きゅうばくふぐん》として戦ったんですが、敗れます。白虎隊《びゃっこたい》の少年たちは逃《に》げのびたんですよ。でも、新政府軍《しんせいふぐん》が包囲《ほうい》した会津若松城《あいづわかまつじょう》から火が上がったのを見て、城が落ちたと思いこんで自ら命を絶《た》ったといわれています。さて、会津藩《あいづはん》が降伏《こうふく》するに当たって、大人たちは会津藩士《あいづはんし》の志《こころざし》を継《つ》ぐ優秀《ゆうしゅう》な若者《わかもの》を選んで逃《に》がすことにしたんです。そうして選ばれたひとりが山川健次郎《やまかわけんじろう》。やがて、アメリカ留学《りゅうがく》をして帰国すると、26歳《さい》で日本初の物理学教授《きょうじゅ》になります。そして、のちに東京帝国大学《とうきょうていこくだいがく》（現在《げんざい》の東京大学）の総長《そうちょう》になるんです。会津《あいづ》の星ですよ！」

梨江《りえ》さんは一気にまくし立てると、ビールをぐいっとあおった。

なんだかカップリング・パーティーというより歴史講座《れきしこうざ》みたいになっている。

「ああ、思い出してきました。」

キリさんが言うと、梨江《りえ》さんはじっとキリさんを見つめる。マッキーは、山川《やまかわ》くんがじりじりしているのに気づいたが、キリさんはおかまいなしに話し始めた。

「新政府軍《しんせいふぐん》に敗れたおかげで、会津藩《あいづはん》は『賊軍《ぞくぐん》』などと呼《よ》ばれ、日本人でありながら日本の敵《てき》のように扱《あつか》われた。山川健次郎《やまかわけんじろう》はその誤解《ごかい》を解《と》くため、会津藩士《あいづはんし》の心根や戊辰戦争《ぼしんせんそう》の真実を客観的な視点《してん》で書き残したんですよね。」

梨江《りえ》さんは首をブンブンふってうなずいた。

「そう。『勝てば官軍、負ければ賊軍《ぞくぐん》』ということわざは明治維新《めいじいしん》のころにできた言葉で。戦《いくさ》に勝ったほうが正義《せいぎ》、負けたほうがまちがっていたとされてしまうって

白虎隊
NO.4
山川健太郎
NO.30
原由梨江

いう。こんな単純《たんじゅん》に人を決めつけるってばかばかしいですよね。だいたい、**しんせ……**。」

「そうそう、**新撰組《しんせんぐみ》！**」

山川《やまかわ》くんは梨江《りえ》さんの言葉をさえぎって強引《ごういん》に話に割《わ》って入った。

「福島には新撰組《しんせんぐみ》がらみの史跡《しせき》もたくさんありますよね。おすすめのスポットがあったら教えてほしいなぁ。」

梨江《りえ》さんは一瞬《いっしゅん》けげんな顔をしたが、気を取り直したように口を開く。

「ああ、新撰組《しんせんぐみ》ね……。新撰組《しんせんぐみ》も旧幕府軍《きゅうばくふぐん》についていましたからね。近藤勇《こんどういさみ》のお墓《はか》のひとつは会津《あいづ》の天寧寺《てんねいじ》にありますよ。」

「ぼく、新撰組《しんせんぐみ》は大好きなんですよ！　そもそも近藤勇《こんどういさみ》、土方歳三《ひじかたとしぞう》なんて農民の出身なのに、それが最強の剣士集団《けんししゅうだん》になるっていうところもロマンで……。」

山川《やまかわ》くんは新撰組《しんせんぐみ》について知っていることを一生けんめい話したが、じつはそれほどくわしくないようだ。

梨江《りえ》さんもあまり乗ってこない。

「わたしは福島育ちなんですけど、みなさん、ご出身は？」

「ぼくとこいつは東京です。」

マッキーがキリさんを指す。

「ぼくは山口県です。転勤《てんきん》で、去年福島に来たばっかりなんです。」

山川《やまかわ》くんが言うと、梨江《りえ》さんの目がキラリと光る。

「山口なんですね。ということは……。」

山川《やまかわ》くんが「しまった」という顔になる。

「いや、待って待って待って。ぼくは山口県人で、新政府軍《しんせいふぐん》に加担《かたん》した長州藩士《ちょうしゅうはんし》の血を引いているかもしれませんが、福島県人の敵《てき》じゃありませんよ！」

キリさんは耐《た》えきれずにプッと吹《ふ》き出《だ》した。

**「山川《やまかわ》さん、さしでがましいようですがね。人の話をさえぎるくせは直したほうがいいですよ。相手が何を話そうとしてるか、想像《そうぞう》しきれるわけじゃないですから。」**

この時点で、キリさんは梨江《りえ》さんが山川《やまかわ》くんと仲よくなる未来を予想していた。


**梨江《りえ》さんは大好きな白虎隊《びゃっこたい》を追《お》い詰《つ》めた山口県人に、むしろいい印象《いんしょう》を持っていた。キリさんにはなぜそれがわかったのだろうか。**

# A

## 解説《かいせつ》

キリさんは、梨江《りえ》さんが「会津《あいづ》の星」とあがめる山川《やまかわ》健次郎《けんじろう》が、奥平謙輔《おくだいらけんすけ》という長州藩士《ちょうしゅうはんし》のもとで勉強したのを知っていたのである。長州藩《ちょうしゅうはん》と会津藩《あいづはん》は敵《てき》であったが、長州人《ちょうしゅうじん》も全員が、すべての会津人《あいづじん》を敵視《てきし》したわけではない。梨江《りえ》さんは「勝てば官軍、負ければ賊軍《ぞくぐん》」とみなすことを「ばかばかしい」と話していたくらいだし、そんなに単純《たんじゅん》な人間でないことはちゃんと話を聞いていればわかることだ。

そんなわけで、この後、梨江《りえ》さんは山川健次郎《やまかわけんじろう》を育てた山口県人の懐《ふところ》の深さをほめたたえたのである。ちなみに、**梨江《りえ》さんが「だいたい、しんせ……。」と言いかけたとき、彼女《かのじょ》は「新政府軍《しんせいふぐん》の中にも素晴《すば》らしい人はいた。」と話そうと思っていた**。そこで山川《やまかわ》くんが「新撰《しんせん》組《ぐみ》」の話題だと思いこんでしまったのは笑い話として、のちにふたりの結婚式《けっこんしき》で披露《ひろう》されたそうだ。

新潟県

# 酒蔵《さかぐら》の悲劇《ひげき》

「キリさん、起きろってば！」

マッキーにどなられ、肩《かた》をバンバンたたかれてキリさんは目を細く開けた。

「なんだよ……おもしろい夢《ゆめ》見てたのにさぁ。げっ、まだ4時半じゃねーか。」

眠《ねむ》りの世界にもどろうとするキリさんの肩《かた》にごつごつした手が置かれた。マッキーの手ではないのがわかって、キリさんはパッと目を開ける。

「あ？　親方、どうしたんです？」

「桐久《きりひさ》くん。たいへんな事件《じけん》が起こったんだ！」

ここは新潟県内の造《つく》り酒屋《ざかや》。親方と呼《よ》ばれた青星《あおぼし》氏は、社長で杜氏《とうじ》（酒造《さけづく》りの責任《せきにん》者《しゃ》）。彼《かれ》はキリさんの母方の親せきで、キリさんは何度か遊びに来たことがあるのだ。

前の晩《ばん》に着いてすっかりごちそうになり、ふとんに入ったのが6時間前。

「親方、いったい何があったんですか？」

ろうかを早足で歩きながらキリさんは、真っ青な顔の親方にたずねる。

**「しこみ中のタンクの中で、沖野《おきの》くんが死んでいるんだ……。」**

「えっ、あの子が!?」

沖野《おきの》くんは青星酒造《あおぼししゅぞう》の新入社員だ。昨晩《さくばん》、キリさんとマッキーは、住みこみの社員だという沖野《おきの》くんと、神崎《かんざき》くんのふたりに会っている。

「通いのみんなはいつも5時半に来るんで、今日は休むように伝えてある。」

問題の部屋の前に立ち、ドアノブにのばした親方の手はガタガタとふるえていた。

親方はドアを開け放し、換気扇《かんきせん》を回した。

「このタンクだ。顔をつっこまないように気をつけて。発酵中《はっこうちゅう》のもろみから出るガスを吸《す》いこむと一瞬《いっしゅん》で酸欠《さんけつ》を起こすんだ。おそらく沖野《おきの》くんはそれで……。しかし、なんでひとりでタンクの中に下りたりしたんだか。」

キリさんは、ふちにはしごがかかっているタンクを見上げた。高さは3メートル近くある。慎重《しんちょう》にはしごをのぼり、タンクのふちに手をかけて中をのぞいてみる。

タンクの底のほうに白いドロドロしたものがたまっており、沖野《おきの》くんはそこに倒《たお》れていた。フルーツを思わせる香りと、ツンとする刺激臭《しげきしゅう》が混《ま》ざったにおいが立ちのぼり、キリさんは顔をそむける。

はしごはタンクの内側にもかかっている。彼《かれ》は自分で下りたのか。彼《かれ》を突《つ》き落《お》とし
ただれかが偽装《ぎそう》のために置いた可能性《かのうせい》も考えられる。
はしごから下りたキリさんは大きく息をはき、何かを思いついたようにもう一度は
しごをのぼり、再《ふたた》び下りてきた。
「親方、彼《かれ》が右手につかんでいたものに気づきましたか？」
「いや。」
キリさんはスマホに収《おさ》めた写真を見せる。
**「キーホルダーですね。」**
写真を拡大《かくだい》すると、プラスチックのキーホルダーの真ん中にとんがり帽子《ぼうし》をかぶっ
たクマのキャラクターが描《えが》かれているのがわかった。親方は顔色を変えた。
「これは神崎《かんざき》くんのキーホルダーだ！　1か月くらい前かな。神崎《かんざき》くんがアニメの聖《せい》
地《ち》だっていうところに出かけてね。そこで限定品《げんていひん》を買ってきたって。その話で沖野《おきの》く
んと盛《も》り上《あ》がってたのをよく覚えてるよ。」
一同はだまって顔を見合わせた。沖野《おきの》くんが、神崎《かんざき》くんのキーホルダーをにぎって
死んでいた……それは何を意味するのか。キリさんはメガネのふちに手をやった。

「沖野《おきの》くんと神崎《かんざき》くんは仲がよかったですか？」

「ああ、なにしろ住みこみはふたりだけだし。年も近いし気が合っていた。入った時期もほとんど同じ。神崎《かんざき》くんのほうが少しだけ早かったけどな。」

親方はため息をつく。

神崎《かんざき》くんを呼《よ》びに行った親方は、苦々しい顔でもどった。

「神崎《かんざき》くんが部屋にいない。あの子は夜遊びのくせがあってね……。」

「いくら若《わか》いっていっても体力仕事でしょ？　徹夜《てつや》でよく体がもつなぁ。」

マッキーが言ったとき――。バタバタと足音がして、首にタオルをかけた神崎《かんざき》くんが現《あらわ》れたのだ。シャワーを浴びたばかりなのか髪《かみ》がぬれている。

「おはようございます！　あれ、桐久《きりひさ》さんと牧野《まきの》さんも？　何してるんですか？」

それからの1時間はとてもあわただしく、かつ、さまざまな情報《じょうほう》がもたらされた。

警察《けいさつ》が到着《とうちゃく》して調べた結果、沖野《おきの》くんの死因《しいん》はもろみから発生するガスを吸《す》いこんで酸欠《さんけつ》におちいったためと断定《だんてい》された。

死亡推定時刻《しぼうすいていじこく》は夜中の1時ごろ。そのころ、神崎《かんざき》くんはダーツバーにいたという。いっしょにいた友人、店員に加え、お客さんもいたそうなので神崎《かんざき》くんのアリバイは証明《しょうめい》された。親方がぐっすり眠《ねむ》っていたことは奥《おく》さんが証言《しょうげん》した。

「ところで、神崎《かんざき》くん。沖野《おきの》くんが持ってたキーホルダーに心当たりはある？」

キリさんが聞くと、神崎《かんざき》くんは泣きはらした顔で答えた。

「きのう、あげたんです。沖野《おきの》が先輩《せんぱい》にしかられたって落ちこんでたから、元気づけるつもりで。あいつはいつも力になってくれたから、何かしてやりたくて。」

キリさんは一同を見回して言った。

「ぼくの推理《すいり》はこうです。沖野《おきの》くんは真夜中に、神崎《かんざき》くんにもらったキーホルダーをどこかに落としたと気づいた。結局、キーホルダーはタンクの中に落ちていた。彼《かれ》もタンクが危険《きけん》なことは知っていたはず。**ではなぜ、急いで回収《かいしゅう》しようとしたのか？**」

キリさんは、神崎《かんざき》くんの顔色が変わったのを見逃《みのが》さなかった。

「神崎《かんざき》くん。きみは夜遊びするとき、どんなところに行くんだい？　居酒屋《いざかや》とか？」

神崎《かんざき》くんは青ざめた顔でうなずいた。

「沖野《おきの》が死んだのはぼくのせいです。キーホルダーをあげたりしなければ……。」

**Q 沖野《おきの》くんがキーホルダーを急いで回収《かいしゅう》しようとした理由は何か。**

## A 解説《かいせつ》

新潟県は有名な米どころ。米を原料とした日本酒造《にほんしゅづく》りも盛《さか》んだ。酒造《さけづく》りに関わる人は、納豆《なっとう》やキムチ、ヨーグルト、漬物《つけもの》などの発酵《はっこう》食品を食べることを禁《きん》じられている。これらの菌《きん》が酒蔵《さかぐら》に持ちこまれて繁殖《はんしょく》してしまうと、お酒が変質《へんしつ》してしまうからだ。食べたあとによく歯を磨《みが》いたり、手を洗《あら》ったりしても、微量《びりょう》の菌《きん》がどこかに付着する可能性《かのうせい》がある。

沖野《おきの》くんはもらったばかりのキーホルダーを落としたことに気づき、あちこちを捜《さが》し回《まわ》った。そして、最悪にもタンクの中に落としていたのを発見する。沖野《おきの》くんは、神崎《かんざき》くんがしょっちゅう居酒屋《いざかや》などに行っているのを知っていた。その彼《かれ》が持ち歩いていたキーホルダーにはどんな菌《きん》がついているかわからない。**発酵《はっこう》食品の菌《きん》だけでなく、さまざまな雑菌《ざっきん》も酒を台なしにするおそれがある。**だから、沖野《おきの》くんは危険《きけん》を知りながら、ひとりで回収《かいしゅう》しようとしてしまったのである。じつは、こうした事故《じこ》は酒蔵《さかぐら》でときどき起こっている。なんともやりきれない、不幸な事故《じこ》である。

# 黒いだるま

「だ・る・ま・さ・ん・が・こ・ろ・ん・だ！ ユウちゃんとカッちゃん、動いた！」

神社の境内《けいだい》でキリさんは子どもたちの楽しげな声を聞いていた。

「やっぱ、**高崎《たかさき》だるま**の地元だから『だるまさんがころんだ』が盛《さか》んなのかなぁ？」

マッキーが言うと、キリさんは首をかしげる。

「少しは関係あるかもな。だるまが身近な土地だし。……お、笠井警部《かさいけいぶ》からだ。」

キリさんは、楽しげなメロディーを奏《かな》でるスマホの画面を見て言った。


「いやぁ桐久《きりひさ》くんがいれば心強い。一刻《いっこく》も早く解決《かいけつ》しなきゃいけない事件《じけん》だからな。」

パトカーの助手席で、笠井警部《かさいけいぶ》は後ろを振《ふ》り返《かえ》りながら言う。

「どんな事件《じけん》も急いで解決《かいけつ》するに越《こ》したことはないでしょう。何か事情《じじょう》でも？」

「ああ。被害者《ひがいしゃ》の樺木《かばき》さんはベテランのだるま職人《しょくにん》だと言っただろう？ だるまってのは縁起物《えんぎもの》だ。せっかくの縁起物《えんぎもの》にケチがつくじゃないか。」

笠井警部《かさいけいぶ》は困《こま》ったような顔で言う。

「現場《げんば》は、この仕事場だ。」

笠井警部《かさいけいぶ》に導《みちび》かれ、キリさんとマッキーは工房《こうぼう》に入った。キリさんもこれまでにいろいろな殺人現場《さつじんげんば》を見てきたが、それはずいぶん風変わりな光景だった。

部屋はだるまでいっぱいだ。樽《たる》くらいデカいのもあれば、手のひらサイズのもある。赤だけではない、金色や青や黒など色とりどりのだるまが無数に並《なら》ぶ。その中で――被害者《ひがいしゃ》の樺木《かばき》氏は椅子《いす》に腰《こし》かけ、作業机《さぎょうづくえ》につっぷして絶命《ぜつめい》していた。

「胸《むね》を包丁で突《つ》かれたのが致命傷《ちめいしょう》だ。玄関先《げんかんさき》で刺《さ》された樺木《かばき》さんは、最後の力をふりしぼってここに腰《こし》かけ力つきたんだな。スマホで通報《つうほう》しようとしたが間に合わなかったんだろう。」

そのとき、ドアが開いて60歳《さい》くらいの女性《じょせい》が入ってきた。

「状況《じょうきょう》は、わたしからご説明しましょう。最初に発見したのはわたしですから。」

目を真っ赤にした被害者《ひがいしゃ》の妻《つま》――樺木《かばき》夫人は気丈《きじょう》にもそう申し出た。

樺木《かばき》氏は、だるま職人《しょくにん》の仕事を30年以上続けてきた。紙でだるまの形を作り、底におもりをつける段階《だんかい》まではほかの会社に依頼《いらい》している。真っ白のだるまにやすりをかけて形を整え、色を塗《ぬ》り、顔を描《か》き入《い》れる——これが樺木《かばき》氏の仕事だった。

「**社員は3人です。四谷淳一《よつやじゅんいち》さん、河辺翔《かわべしょう》さん、田宮六太郎《たみやろくたろう》さん。**3人とも長いおつきあいですね。」

こう言いながら、樺木《かばき》夫人は顔をくもらせた。工房《こうぼう》の鍵《かぎ》を持っているこの3人が有力な容疑者《ようぎしゃ》だと、笠井警部《かさいけいぶ》から聞いているのだろう。

「きのう——土曜日の夜、3人は8時までここで作業をしていたそうだ。樺木《かばき》さんの死亡推定時刻《しぼうすいていじこく》は深夜1時。」

笠井警部《かさいけいぶ》のあとを、樺木《かばき》夫人が続ける。

「夫は社員のみなさんが帰ったあと、深夜3時ごろまで仕事することが多かったです。自宅《じたく》はすぐ近くなんですよ。それが、朝起きたとき、夫が帰っていなくて。電話しても出ないので、おかしいと思ってここに来ましたら……。」

キリさんは作業机《さぎょうづくえ》の上を注意深くながめた。

つややかな塗料《とりょう》、散らばった絵筆。顔がとちゅうまで描《か》かれた赤いだるま。

「これは妙《みょう》ですね。」

キリさんは、コップの中に頭から落ちている**「黒いだるま」**を示《しめ》した。

「机《つくえ》に倒《たお》れこんだときに、そこらへんに並《なら》べてただるまが落ちたんじゃないか？　ほかに逆《さか》さまになってるのはないけど……。」

マッキーが言うと、樺木《かばき》夫人はうすく微笑《ほほえ》んだ。

「当たり前ですよ。**だるまの底にはおもりがついてますから、倒《たお》れることはありません。**必ずまっすぐ立ちます。」

「あ、そうか。起き上がりこぼしってヤツですもんね。」

マッキーはだるまをチョンとつついた。だるまはユラユラ揺《ゆ》れ、まっすぐになる。

「樺木《かばき》さんと社員の方々の間に、何かもめごとはありませんでしたか？」

キリさんが聞くと、樺木《かばき》夫人は目をふせた。

「さあ、どうでしょう。夫は、人の不満や悪口を言わない人なんです。いい評価《ひょうか》や楽しい話はたくさん聞かせてくれましたけど。」

「もちろん調査《ちょうさ》はしっかり行います。まだ、犯人《はんにん》は3人の社員のだれかと決まったわけではありませんし。」

「ええ、そうですよね！」

夫人の口調からは、犯人《はんにん》が社員以外であってほしいという気持ちが感じられた。

「樺木《かばき》社長はみなさんのことをかわいがっていたんでしょうね。」

「よく飲みに連れていったりしてね。ヨッちゃんはカラオケが上手。翔《しょう》くんは酔《よ》っぱらうと小さいころの思い出話が止まらなくなる。ロクさんは大のねこ好きで、すぐノラちゃんを追いかけていくとか……そんな話をしていました。」

キリさんはあわてて手元のメモに目を走らせる。

「えーと、ヨッちゃんというのは四谷淳一《よつやじゅんいち》さんのことですね？　翔《しょう》くんが河辺翔《かわべしょう》さんで、ロクさんが田宮六太郎《たみやろくたろう》さん。」

「そうです。夫がいつもそう呼《よ》んでいたものですから、つい……。」

キリさんはもう一度、作業机《さぎょうづくえ》に目を落とした。

**「これは樺木《かばき》さんのダイイング・メッセージ（死の間際《まぎわ》に犯人《はんにん》の手がかりを示《しめ》すメッセージ）じゃないでしょうか。」**

Q

**キリさんは机《つくえ》の上のだるまにダイイング・メッセージを読み取った。樺木《かばき》氏はだれを名指ししたのだろうか。**

# A
## 解《かい》説《せつ》

キリさんが不自然に思ったのは、コップの中で逆《さか》さまになった黒いだるまだ。樺木《かばき》氏が机《つくえ》に倒《たお》れこんだとしても、ちょうどよくだるまがコップに落下する可能性《かのうせい》はとても低いだろう。**キリさんは「逆《さか》さまの黒《クロ》（だるま）＝ロク」、すなわち犯人《はんにん》は田宮六太郎《たみやろくたろう》と告《つ》げていると推理《すいり》したのだ。**個別《こべつ》に聞き取りを行った結果、田宮六太郎《たみやろくたろう》は犯行《はんこう》を自供《じきょう》した。田宮《たみや》は午後8時にほかのふたりといっしょに仕事場を出たが、ひとりで引き返してきた。彼《かれ》は樺木《かばき》氏に借金をしたあと、さらにお金を借りようとしたのだ。しかし、樺木《かばき》氏はそれを断った。田宮《たみや》はあきらめきれず、深夜にもどってくると、包丁《ほうちょう》をつきつけて樺木《かばき》氏に金を出すようせまった。それでも拒否《きょひ》されたので、カッとなって刺《さ》してしまったという。

群馬県高崎市《たかさきし》の「高崎《たかさき》だるま」は江戸《えど》時代からの伝統《でんとう》工芸品。ポピュラーな赤は、古くから「魔除《まよ》けの効果《こうか》がある」とされてきた色。現代《げんだい》ではさまざまな色や、干支《えと》の動物を取り入れたデザインのだるまも作られている。

山梨県

# 甲斐犬《かいけん》の力

この日の早朝、キリさんとマッキーが公園で朝食をとらなければ、ふたりがその犬を見つけることはなかった。そう、これはまったくのぐうぜんだった。

「あのベンチがいいんじゃね？」

広々とした公園で、マッキーは川べりのベンチに向かって歩いていった。

そして、ベンチの下にうずくまっている黒っぽい小さな犬を発見したのだ。

「ありゃ、つながれてるぞ。」

犬は首輪をしていて、リードがベンチにつながれている。

キリさんはあたりを見回したが、飼《か》い主《ぬし》らしき人が見当たらない。

「かわいい顔してんなぁ。ポチや、ポチや……。」

マッキーはしゃがみこんで黒犬に手を出した。

「いてててて！　かみやがった！」

マッキーは右手を痛《いた》そうに振《ふ》ったが、次の瞬間《しゅんかん》にはうれしそうに目じりを下げた。

**「キリさん、こいつ……50万円の捜《さが》し犬《いぬ》だよ！」**

マッキーはスマホの画像《がぞう》フォルダを開いた。

きのうの夜、コンビニで見た「捜《さが》し犬《いぬ》」の貼《は》り紙《がみ》を写真に撮《と》ってあったのだ。

貼《は》り紙《がみ》には「見つけた方には50万円の謝礼《しゃれい》をお支払《しはら》いします」とある。

この犬は3か月前に「足立《あだち》どうぶつ病院」から誘拐《ゆうかい》されたそうだ。

しかも、ふつうの犬ではない。山梨県の県議会がフランス人のランベール氏に名誉《めいよ》県民の称号《しょうごう》を贈《おく》る式典でプレゼントするはずだった、山梨県原産の**甲斐犬**《かいけん》である。

「これがホントの『飼《か》い犬《いぬ》に手をかまれる』だな！」

「マッキー、それ『かいいぬ』じゃなくて『かいけん』だから！」

キリさんは犬をじっくりながめた。貼《は》り紙《がみ》の写真より少し顔が長く見えるが、子犬だから3か月もたてば多少変わるのは当然のこと。

「こいつがその捜《さが》し犬《いぬ》なら、マイクロチップが装着《そうちゃく》されてるはずだな。」

現在《げんざい》、ペットショップやブリーダーが扱《あつか》う犬やねこには飼《か》い主《ぬし》の情報《じょうほう》を書きこんだマイクロチップをうめこむことが義務《ぎむ》づけられている。GPS機能《きのう》はないので居場所《いばしょ》は捜《さが》せないが、迷子《まいご》になって首輪がとれてしまっても身元がわかる仕組みだ。

「確《たし》かにこの犬です。まちがいありません。」

足立《あだち》どうぶつ病院の院長はマイクロチップの読み取り機を手に、頭を下げた。

「権兵衛《ごんべえ》が見つかってよかった。とはいえ、どうして今になって帰ってきたんだろうなぁ。」

竹花《たけはな》氏は不思議そうに犬をながめた。

竹花《たけはな》氏は県議会のえらい人で、甲斐犬《かいけん》をプレゼントすることを提案《ていあん》した張本人《ちょうほんにん》だ。

「ところで、どうして院長が謝礼金《しゃれいきん》を出すことになったんですか？」

マッキーは謝礼金《しゃれいきん》を忘《わす》れられては困《こま》ると思い、そこを強調しつつ院長の顔を見る。

「誘拐《ゆうかい》されたのはわたしが預《あず》かっている間で……わたしにも責任《せきにん》があるからです。」

ことの起こりは3か月ほど前。

竹花《たけはな》氏はランベール氏へのプレゼントとして、ブリーダーから甲斐犬《かいけん》の子犬を購入《こうにゅう》した。ランベール氏は大の犬好きなのだ。

式典まで間があったので、竹花《たけはな》氏は権兵衛《ごんべえ》と名づけた子犬を足立《あだち》どうぶつ病院に預《あず》けることにした。ペットホテルとトリミングサロンを併設《へいせつ》しているし、何より県議会の庁舎《ちょうしゃ》から近かったからだ。

「うちで子犬を預《あず》かったのは1週間です。それが、竹花《たけはな》さんに子犬をお渡《わた》しする日の朝、いなくなっていた。ケージから脱走《だっそう》したのかと捜《さが》し回《まわ》っていると、脅迫《きょうはく》電話がかかってきたんです。**『甲斐犬《かいけん》を誘拐《ゆうかい》した。返してほしければ身代金《みのしろきん》１００万円を用意しろ。』**と……。」

足立《あだち》院長はすぐに警察《けいさつ》と竹花《たけはな》氏に連絡《れんらく》した。

そして、その夜――足立《あだち》院長は警察官《けいさつかん》に見守られ、１００万円を持って指定の場所に行ったが、犯人《はんにん》は現《あらわ》れずじまい。

その後、犯人《はんにん》から連絡《れんらく》はなかったという。

「ぼくらは犯人《はんにん》じゃありませんよ！」

マッキーはあわてて言った。

「あなた方を疑《うたが》ってはいませんよ。桐久《きりひさ》さんは有名な探偵《たんてい》だし、メリットがない。」

竹花《たけはな》氏はきっぱりと言う。キリさんは、足立《あだち》院長の顔をのぞきこんだ。

「脅迫者《きょうはくしゃ》に心当たりは？」

「ありません。電話も知らない声でした。」

着信の記録を調べたところ、脅迫《きょうはく》電話は公衆《こうしゅう》電話からだったそうだ。

キリさんはどうぶつ病院の中を見回す。

「こちらの施設《しせつ》のスタッフは何人ですか？」

「わたしのほか3人、妻《つま》と息子《むすこ》と義理《ぎり》の娘《むすめ》です。」

診療《しんりょう》を担当《たんとう》するのは足立《あだち》院長と妻《つま》の栄子《えいこ》。息子《むすこ》である足立圭太《あだちけいた》は受付や事務《じむ》全般《ぜんぱん》。その妻《つま》の菜美《なみ》はトリマーだという。

4人はすぐ近くの一軒家《いっけんや》に住んでいるが、施設《しせつ》に入院中や宿泊中《しゅくはくちゅう》のペットがいる場合はここを無人にすることはない。事件の晩《ばん》は院長が泊《と》まりこんでいたそうだ。

「誘拐犯《ゆうかいはん》は権兵衛《ごんべえ》を贈《おく》り物《もの》にする特別な犬だと知っていて、100万円もの身代金《みのしろきん》をふっかけたんですかね。」

マッキーが言うと、竹花《たけはな》氏はうなずいた。

「かもしれませんね。その晩《ばん》はほかにも何匹《なんびき》かの犬やねこがいたそうです。その中で権兵衛《ごんべえ》だけがさらわれたのはぐうぜんとは思えない。」

キリさんは首をひねった。

「でも、**身代金《みのしろきん》を受け取るのをやめたのはなぜでしょうね。**マイクロチップが入ってるから、うかつに転売もできない。ジャマになったんなら、その辺に放してしまえばいいのに。3か月も世話をして返してきたのはどうしてなんだろう。」

キリさんたちが権兵衛《ごんべえ》を見つけた公園は、犬の散歩をする人が多いそうだ。

「犯人《はんにん》は愛犬家が集まるいい環境《かんきょう》を選んで権兵衛《ごんべえ》を返したことになりますね。つまり、ぼくが考えるに——。」

急に権兵衛《ごんべえ》がキャンキャンほえだしたのでキリさんは言葉を切った。院長が手のひらにエサをのせると権兵衛《ごんべえ》はおいしそうに食べ始める。院長はキリさんを見上げた。

「ええと、それで桐久《きりひさ》さんはどうお考えなんですか?」

そこでキリさんは再《ふたた》び口を開いたのだ。

**「犯人《はんにん》には、この犬を3か月ほど隠《かく》さなければならない理由があったんです。ねぇ、院長?」**

**Q キリさんは誘拐《ゆうかい》事件《じけん》が院長の自作自演《じえん》と見破《みやぶ》った。その理由とは何か。**

# A
## 解《かい》説《せつ》

院長が白状《はくじょう》した事情《じじょう》は以下のとおり。権兵衛《ごんべえ》を受《う》け渡《わた》す前日の夜、トリマーの菜美《なみ》が権兵衛《ごんべえ》の毛並《けな》みを整えようとしたところ、手がすべって切りすぎ、みっともない姿《すがた》にしてしまった。ランベール氏が気を悪くして大きな問題になったら困《こま》る。そう思った院長は誘拐事件《ゆうかいじけん》をでっちあげ、**毛がきれいにはえそろったところで返されたことにしよう**と考えた。スタッフは全員家族なので、団結《だんけつ》して秘密《ひみつ》を守り通したわけだ。

キリさんは、院長が「権兵衛《ごんべえ》」という名を呼《よ》ばないことを疑問《ぎもん》に思った。名前を呼《よ》んで接《せっ》すれば子犬はなついてしまうので、院長は意識的《いしきてき》に名前を呼《よ》ぶのを避《さ》けていたのだ。しかし、一方で権兵衛《ごんべえ》は院長の手からエサを食べていたので、キリさんは疑《うたが》いを深めたのである。

古くから日本にいる日本犬は国の天然記念物に指定されている。**「秋田犬」は「あきたいぬ」と読むが、甲斐《かい》犬《けん》は「飼《か》い犬《いぬ》」と誤解《ごかい》されないよう「かいけん」と読むことになっている。**

静岡県

# サクラエビの季節に父を想《おも》うということ

「キリさん、やっぱり本場のサクラエビはうまいねぇ。」

「うん、しかも東京で食べるよりたっぷりで安いしな。」

マッキー、キリさんは上機嫌《じょうきげん》で**サクラエビ**のかき揚《あ》げそばに舌鼓《したつづみ》を打っていた。キリさんのほめ言葉がいささかみみっちいのは目をつぶるとしよう。

さて、満足したキリさんとマッキーがそば屋から出てくると。

「あの、すいません！」

いきなり制服姿《せいふくすがた》の少年が立ちふさがった。

「私立探偵《しりつたんてい》の桐久《きりひさ》さんですよね？」

「そうだけど……。」

キリさんが見知らぬ相手に話しかけられたときは、「ちがいます。」ととぼけることがほとんど。しかし相手が少年なので、意表をつかれてこう返事してしまった。

すると、少年はその場で土下座《どげざ》したではないか。

「お願いがあるんです！」

まわりの人たちが何事かと注目しているから、キリさんも逃《に》げるわけにいかない。

「土下座《どげざ》はやめてよ。ほら、立って。」

「警察署《けいさつしょ》に桐久《きりひさ》さんの講演会《こうえんかい》のチラシが貼《は》ってあるのを見たんですよ。まさか本当に会えるとは思わなかったなぁ。」

キリさんはときどき事件解決《じけんかいけつ》の経験談《けいけんだん》を話す講演《こうえん》を頼《たの》まれる。この少年は警察署《けいさつしょ》からキリさんたちをつけて、待ちぶせしていたらしい。少年は、幸村月夜《ゆきむらつきや》と名乗った。

**「人を捜《さが》してほしいんです。」**

幸村《ゆきむら》くんは中学1年生。捜《さが》してほしいのは実の父だという。幸村《ゆきむら》くんが3歳《さい》くらいのころ両親が離婚《りこん》して、彼《かれ》はお母さんとふたりで暮《く》らすことになった。ほどなくお母さんは病気で亡《な》くなり、以後はお母さんの両親——彼《かれ》の祖父母《そふぼ》と暮《く》らしている。

「おじいちゃんもおばあちゃんも、父さんをきらっていて何も教えてくれないんです。だけど、ぼく、父さんに会ってみたくて……。」

「そうかぁ。かわいそうになぁ。」

人のいいマッキーは同情的《どうじょうてき》な視線《しせん》を注いだが、キリさんの態度《たいど》はそっけない。

「人捜《ひとさが》しってのは時間もかかってたいへんなんだ。タダってわけにはいかない。」

「キリさん、相談に乗るくらい、いいだろ？」

マッキーがこづくと、キリさんはニヤッとして言ったのである。

「特別に缶《かん》コーヒー1本で手を打つよ。じゃ、続きは移動事務所《いどうじむしょ》の中で。」

3人はキャンピングカーの中で向かいあった。キリさんは幸村《ゆきむら》くんが買った缶《かん》コーヒーを一口飲むと、ノートパソコンで静岡県の地図を表示《ひょうじ》した。

「じゃあ、できるかぎり手がかりを教えてもらおうか。」

幸村《ゆきむら》くんのお父さんの名前は田中正樹《たなかまさき》。「幸村《ゆきむら》」はお母さんのみょうじだ。

「年齢《ねんれい》は35歳《さい》か。住所はわからないにしても、どこらへんに住んでるか手がかりがないとね。お父さんと暮《く》らしてたころの記憶《きおく》で覚えてることがあれば教えてほしい。」

幸村《ゆきむら》くんは背《せ》すじをのばすと、朗々《ろうろう》と声を響《ひび》かせた。

「**田子《たご》の浦《うら》に打《う》ち出《い》でて見れば白妙《しろたえ》の富士《ふじ》の高嶺《たかね》に雪は降《ふ》りつつ。**」

「百人一首の山部赤人《やまべのあかひと》の短歌だね。」

「はい。これだけ覚えさせられたんですよ。母さんは短歌が好きだったから。」

「ってことは『田子《たご》の浦《うら》』に住んでるのかなぁ。」

マッキーが言うと、幸村《ゆきむら》くんはメモ帳を取り出した。

「その可能性《かのうせい》は高いと思います。ちなみに、学校の先生に聞いたら、この短歌が作られたころの田子《たご》の浦《うら》は、今、田子《たご》の浦《うら》って呼《よ》ばれてる地域《ちいき》よりも広いそうです。」

キリさんは幸村《ゆきむら》くんのメモ帳をのぞきこみながら、パソコンで地図を調べる。

「なるほど。昔の田子《たご》の浦《うら》の範囲《はんい》を想定して考えたほうがいいかもな。とすると、だいぶ広いな。とはいえ駿河湾《するがわんぞ》沿いの海岸一帯ってことになるか。」

「海のそばに住んでたと思います。これ、父さんとぼくが海岸にいる写真です。」

幼《おさな》い幸村《ゆきむら》くんを肩車《かたぐるま》した父親は、日に焼けてたくましい体つきだ。

「これは参考になるね。10年くらい前なら、そんなに顔は変わってないだろうし。」

「そうだな。ほかに印象《いんしょう》に残ってることはない？」

幸村《ゆきむら》くんは目をつぶった。

**「頭に焼きついてる情景《じょうけい》があります。ぼくは母さんに抱《だ》っこされてて。父さんはサクラの花びらでピンクにそまった地面に立って手をふってるんです。**悲しそうな顔で。だから、父さんと別れた日のことじゃないかと思うんですが。」

「サクラかぁ。サクラはわりとどこにでもありそうだよねぇ。」

「もうひとつ、この日の記憶《きおく》があるんです。電車で母さんに『これからはふたりで暮《く》らす。』って言われて。ぼくはだまって拾ったばかりのドングリで遊んでたっていう。」

「ドングリってことは秋？　じゃあ、サクラはどうなるんだ？」

マッキーはあからさまに困《こま》った顔になる。

「矛盾《むじゅん》しちゃうんで、言わないほうがいいかと思ったんですけど。」

幸村《ゆきむら》くんは不安げにキリさんの顔を見た。

「いいんだ。推理《すいり》するうえで条件《じょうけん》は多いほうがいい。パズルのピースはそろいつつある。ところで、きみの月夜《つきや》っていう名前は由来がありそうだね？」

「それはおばあちゃんが話してくれました。母さんは月の明るい晩《ばん》が好きだから、この名前をつけたって。」

キリさんは考えをめぐらすようにつぶやいた。

「**サクラ色に染《そ》まる地面、ドングリの季節、海岸沿《かいがんぞ》い、月夜。このキーワードから連想されるものがある。**それは幸村《ゆきむら》くんのお父さんの仕事に関係しているかもね。」

Q

**キリさんが割《わ》り出《だ》した、幸村《ゆきむら》くんのお父さんの職業《しょくぎょう》はなんだろうか。**

# A 解説《かいせつ》

ドングリが落ちるシーズンに、サクラの花が散っているのはおかしい。キリさんは、**地面をピンクに染《そ》めていたのはサクラではなく地域《ちいき》の特産品、サクラエビではないかと推理《すいり》した**。生食だけではなく、乾燥《かんそう》させて出荷《しゅっか》することの多いサクラエビは地面に広げて天日干《てんぴぼ》しにする。サクラエビの漁期は春漁（3月中旬《ちゅうじゅん》〜6月初旬《しょじゅん》）、秋漁（10月下旬《げじゅん》〜12月下旬《げじゅん》）と決まっているので、幸村《ゆきむら》くんの記憶《きおく》は秋漁の時期に当てはまる。そこでキリさんは、お父さんはサクラエビ漁を行う漁師《りょうし》だと考えたのだ。調べてみると、サクラエビは希少なため国内で漁獲《ぎょかく》が許可《きょか》されているのは駿河湾《するがわん》の2か所の港だけと判明《はんめい》。ふたつの港の漁業組合に問い合わせた結果、今もお父さんが所属《しょぞく》しているとわかり、父子は再会を果たしたのである。

ちなみにサクラエビは光をきらう生物で、日中は200〜300メートルの深さにおり、暗い夜には20〜30メートルくらいまで浮上《ふじょう》してくる。漁ができるのは暗い夜だけ。**月夜は仕事が休みになる**。それでお母さんは月夜を好んだのかもしれない。

愛知県

# 胡蝶蘭《こちょうらん》の名前

「大学生に雇《やと》われるのは初めてなんだけど……きみ、料金の支払《しはら》いは、ホントにだいじょうぶなんだろうね？」

キリさんが言うと、ハンドルを握《にぎ》る坪井恭一《つぼいきょういち》くんは自信ありげにうなずいた。

「安心してください。ぼくはこう見えても起業してるんで、お金は持ってます。」

恭一《きょういち》くんは高校生のときからスマホのアプリを作っていて、20歳《さい》で会社をおこし、なかなかもうかっているという。

「ふーん、学生起業家ってやつか。」

マッキーは恭一《きょういち》くんを観察する。ストライプのシャツにベージュのパンツは一見ふつうだが確《たし》かにモノがいい。この車も自分のお金で買ったものかもしれない。

「遠くから急に呼《よ》びつけてしまいましたし、なんなら追加料金だってお支払《しはら》いします。とにかく一刻《いっこく》を争うんです。もしかしたら、もうおじさんは殺《ころ》されているかも……。」

しっかりした口調で話していた恭一《きょういち》くんが、急に声をつまらせた。

恭一《きょういち》くんが安否《あんぴ》を心配しているおじさんは、名古屋《なごや》名物のみそカツのチェーン店「でらうまみそカツ軒《けん》」の社長である。

キリさんはメモを見ながら言った。

「しかし、きみのおじさんはすごい名前だねぇ。織田信秀康《おだのぶひこ》とは。**織田信長《おだのぶなが》の『信《のぶ》』、豊臣秀吉《とよとみひでよし》の『秀《ひで》』、徳川家康《とくがわいえやす》の『康《やす》』をくっつけたわけだ。3人とも愛知県出身だしな。**」

「はい。でも、おじさんは名前負けしていない立派《りっぱ》な人です。ぼくはおじさんを心から尊敬《そんけい》しているんですよ。」

恭一《きょういち》くんが起業したのも、織田《おだ》氏の影響《えいきょう》が大きかったという。

今、恭一《きょういち》くんは京都に住んでいるのだが、前々から連休を利用して織田《おだ》氏を訪《たず》ねる約束をしていた。

ところが、メールを送っても返事がない。電話をしても出ない。まめなタイプの織《お》田《だ》氏にしてはおかしい。

そう思っているところに、やっとおじさんからのメールが来たのである。「1週間ほど旅行に行く。また連絡《れんらく》する。」と。

「ぼくはこのメールが来たとき、確信《かくしん》したんです。これはおじさんじゃない。だれか別の人物が書いたものだと。そもそも、おじさんは旅行が大きらいですし。」

マッキーはこの学生社長にナメられまいと、ちょっとえらそうに身をそらした。

「でもさぁ、おじさんのことをなんでも知ってるわけじゃないでしょ？　いっしょに旅行に行きたい恋人《こいびと》がいるかもしれないじゃん。」

織田《おだ》氏は10年前に妻《つま》を亡《な》くしてからはずっとひとり暮《ぐ》らしだという。

「そりゃそうかもしれませんけど。おじさんには、旅行に行きたくない理由があるんですよ。あとで説明しますけど。」

「会社には電話してみた？」

キリさんがたずねると、恭一《きょういち》くんは間髪《かんはつ》いれずに「もちろんです。」と返す。

「『社長は1週間、休暇《きゅうか》をとっている。』と言われましたけどね。それを言ったのが副社長の浦河《うらかわ》さんだってのが引っかかるんですよ。」

「どうして？」

「お正月に会ったとき、おじさんがふともらしたんですよ。**副社長が自分の地位をねらってる**って。まわりの人におじさんの悪口を言いふらして、おじさんを追い出そうとしてるらしいって——ああ、ここみたいです。」

レンガ造《づく》りのへいに囲《かこ》まれた一軒家《いっけんや》の前に立ち、恭一《きょういち》くんは何度もインターホンを押《お》したが、やはり返事はない。

「入ろう。おじさんがいないとしても、何か手がかりを探《さが》さないと……。」

キリさんが門を開けたとき。

**「おい、何をしてる！」**

背後《はいご》から大きな声がした。立っているのはスーツ姿《すがた》の中年男だ。

「ぼくは、この家の持ち主の親せきです。」

「きみは……会社に電話してきたおいっ子だな。わたしは副社長の浦河《うらかわ》だ。社長は休《きゅう》暇《か》で旅行中だと言っただろう？」

「では……浦河《うらかわ》さんは何をしに来たんですか？」

キリさんは「うん、いい質問《しつもん》だ。」とつぶやいた。

マッキーも「さすがは学生社長。副社長に負けてないぞ。」とパチパチ手をたたく。

浦河《うらかわ》氏はムッとした。

「わたしは、社長に頼《たの》まれた用があって来たんだ。鍵《かぎ》も預《あず》かってる。そこのふたりはなんなんだ？」

「ぼくたちは恭一《きょういち》くんの……友達です。」

探偵《たんてい》だと知れたら波風が立ちそうなので、キリさんはこう答えた。

浦河《うらかわ》氏は疑《うたが》わしそうな顔をしたが、押《お》し問答《もんどう》は時間のムダと思ったようだ。

「まぁいい。ついてくるなら好きにしろ。」

玄関《げんかん》に入ると、恭一《きょういち》くんは靴《くつ》を乱雑《らんざつ》にぬぎ捨《す》てて、ろうかを走っていった。

「みなさん、奥《おく》の温室に来てください！」

恭一《きょういち》くんの声に、3人はわれ先にと走った。

ガラス張《ば》りの温室で、恭一《きょういち》くんはたくさんの鉢《はち》植えを背《せ》にしていた。

**バラにゼラニウムにユリ。特に目を引くのはズラリと並《なら》んだ胡蝶蘭《こちょうらん》だ。**

「おお〜これ、キリさんの事務所《じむしょ》の開業祝いに届《とど》いたヤツじゃん。すぐに枯《か》れちゃったけどな。」

こう言ったマッキーの足をキリさんはけとばした。

せっかく正体をぼかしたのに、敵《てき》にヒントを与《あた》えるような発言はよろしくない。

「胡蝶蘭《こちょうらん》はお祝いのときに贈《おく》る鉢《はち》植えの定番ですから、新店舗《しんてんぽ》オープンのときによくもらうそうですよ。ねえ、浦河《うらかわ》さん。胡蝶蘭《こちょうらん》だけでなく……おじさんは植物を大事にしているから、長く留守《るす》にすることはないんです。」

恭一《きょういち》くんは勝ちほこったように言ったが、浦河《うらかわ》氏は鍵《かぎ》をチラつかせた。

「だから、社長はわたしに毎日水やりをしに来るように頼《たの》んだんだ。『毎日、ひとつも欠かさずに。』と言われたんだからね！」

浦河《うらかわ》氏は大きなじょうろに水を入れ、胡蝶蘭《こちょうらん》の根元にたっぷりとかける。

恭一《きょういち》くんはくちびるをぐっとかみしめた。

「じゃあ、おじさんはどこに何しに行ったんですか？　教えてくださいよ。」

「知らないよ。休暇中《きゅうかちゅう》の個人的《こじんてき》なことは聞かないのが大人のマナーだ。」

キリさんは、ここで静かに口をはさんだ。

**「もう十分です。警察《けいさつ》を呼《よ》びましょうか……浦河《うらかわ》さん、あなたが何をやったかはわかりませんが、話してもらうことはいっぱいありそうだ。」**

Q

**浦河《うらかわ》氏はウソをついていた。キリさんはなぜそれを見破《みやぶ》ったのだろうか。**

# A

## 解《かい》説《せつ》

**浦河氏《うらかわし》が「毎日の水やりを頼《たの》まれた。」と言ったのは出まかせ。**恭一《きょういち》くんに詰《つ》め寄《よ》られ、ウソにリアリティーを持たせようと「毎日、ひとつも欠かさずに。」と言ってしまったが、**胡蝶蘭《こちょうらん》は水をやりすぎると根がくさってしまう。**キリさんは、かつて胡蝶蘭《こちょうらん》に毎日水をやってダメにした経験《けいけん》があるのでこれを知っていたのだ。胡蝶蘭《こちょうらん》の水やりはせいぜい１週間～10日に１回で十分である。

浦河氏《うらかわし》は会社の乗っ取りを企《くわだ》てていた。織田《おだ》氏を秘密《ひみつ》の場所にとじこめ、重要書類のありかを白状《はくじょう》させ——織田《おだ》氏の自宅《じたく》に取りに来たところでキリさんたちに出くわしたわけだ。用がすんだら織田《おだ》氏を殺害《さつがい》し、にせの遺書《いしょ》を作るつもりだった。織田《おだ》氏は無事に助け出され、浦河《うらかわ》氏は逮捕《たいほ》されたのである。

**愛知県は花卉《かき》（観賞用《かんしょうよう》の植物）の生産が盛《さか》ん。キクを筆頭にバラ、洋蘭《ようらん》（胡蝶蘭《こちょうらん》、カトレアなど）、カーネーション、観葉植物が有名だ。**

長野県

# もっとも危険《きけん》なハチミツ

「わたしが調査《ちょうさ》を頼《たの》んだことは相手に絶対《ぜったい》に知られないようにしてくださいね。」

「わかりました。対象者《たいしょうしゃ》に接近《せっきん》するときは細心の注意をはらうのでご安心ください。」

キリさんは、依頼主《いらいぬし》に微笑《ほほえ》みかけた。この駒村《こまむら》氏という中年男性《だんせい》は、かなり慎重《しんちょう》だ。キリさんたちとの面会にも、駒村《こまむら》氏の家からだいぶ遠い県の中心部のホテルの一室を指定してきた。それほど、泥塚《どろづか》という男を恐《おそ》れているのだろう。

「泥塚《どろづか》という男性《だんせい》ですが……年齢《ねんれい》は43歳《さい》で、現在《げんざい》は養蜂《ようほう》の仕事をしていると。ずいぶん不便な山の中に住んでいるみたいですが。」

養蜂《ようほう》とは、ハチを育ててハチミツなどを採取《さいしゅ》すること。**長野県は養蜂《ようほう》が盛《さか》んだ。**

「ミツバチの飼育《しいく》は住宅地《じゅうたくち》の近くだと迷惑《めいわく》になりますからね。泥塚《どろづか》は高校の同級生です。学生のころから暴力事件《ぼうりょくじけん》とかで何度も逮捕《たいほ》されています。ヤツが養蜂《ようほう》を始めるために引っこしたのは去年。『これからは悪いことはやめる。更生《こうせい》してマジメに生きる。』と宣言《せんげん》したらしい。両親が養蜂家《ようほうか》だったから、やり方は知ってるんでしょう。」

駒村《こまむら》氏はため息をついた。それからペットボトルの水をゴクリと飲む。

「泥塚《どろづか》が心を入《い》れ替《か》えたとは思えないんです。そんな矢先、知り合いから聞いたんですよ。泥塚《どろづか》が居酒屋《いざかや》で『**オレをおとしいれたヤツに復讐《ふくしゅう》する。**』と話してたって。」

メモを取っていたマッキーはふるえ上がった。

「駒村《こまむら》さんは、ご自分が泥塚《どろづか》にねらわれる心当たりがあるんですか？」

「心当たりはありませんが……泥塚《どろづか》は勝手な思いこみで人にけんかをふっかける男です。わたしだけじゃなく、あいつとちょっとでも関わった人は全員標的になる危険《きけん》がある。だから、あいつが山奥《やまおく》に引っこんで何をたくらんでいるのか知りたい。対策《たいさく》できるものなら対策《たいさく》したいんです。何か事件《じけん》が起こってしまう前に……。」

キリさんたちはキャンプ場に車を停《と》め、泥塚《どろづか》の周辺を調べにかかった。泥塚《どろづか》はまわりに民家がない山の中に住んでいた。あちこちに「クマに注意」の立て札がある。

「キリさん、クマが出たらどうするんだっけ？」

マッキーの質問《しつもん》には答えず、キリさんは「しっ。」と言って茂《しげ》みに身を隠《かく》す。

キリさんはブーンという羽音とともにやってきた黒いかたまりを指さした。

「泥塚《どろづか》のハチだ。コスモスの花にむらがってる。」

巣箱から放されたハチはミツを集めると巣箱にもどる。巣箱にミツがたまったら収《しゅう》穫《かく》し、ハチミツに加工するわけだ。花の種類でハチミツの味や香りは微妙《びみょう》に変わる。

3日間、泥塚《どろづか》は同じ場所に通った。しかし4日目に泥塚《どろづか》は、巣箱を積んだリヤカーを引いていつもとちがう方向へ歩いていったのである。

キリさんとマッキーは双眼鏡《そうがんきょう》を片手《かたて》に、泥塚《どろづか》を見失わないようについていく。

「キリさん、待ってくれよ……。まいっちゃうな、この人どこまで歩くんだよ。泥塚《どろづか》はふつうの働き者なんじゃないの？　駒村《こまむら》さんってだいぶ心配性《しんぱいしょう》っぽかったしさぁ。」

ふたりがうんざりし始めたころ、遠くにきれいな花畑が見えてきた。

一面に紫《むらさき》の花が広がっている。ここで、ようやく泥塚《どろづか》は足を止めたのである。

**「秋口は春や夏より花が少ないから、こんなところまで来る必要があるのかなぁ。」**

マッキーはくさむらに座《すわ》りこんだ。キリさんは、泥塚《どろづか》が巣箱を開ける光景を写真におさめた。そして、納得《なっとく》したようにうなずく。

「なるほど。駒村《こまむら》さんはただの心配性《しんぱいしょう》じゃなかったらしいな。」

**Q 泥塚《どろづか》はいったい何をたくらんでいるのだろうか。**

# A

## 解《かい》説《せつ》

初秋に咲《さ》きほこる紫《むらさき》の花の正体はトリカブトだった。トリカブトは毒《どく》のある植物として有名だ。有毒《ゆうどく》成分は根っこに多いが、誤《あやま》って葉を食べたことによる食中毒事件《しょくちゅうどくじけん》も起こっている。泥塚《どろづか》はトリカブトのミツのハチミツを作り、「復讐《ふくしゅう》」に使おうと考えたのだ。

**ハチミツにトリカブトの花粉《かふん》やミツが混《ま》ざると有毒《ゆうどく》になるため、養蜂家《ようほうか》の間ではトリカブトの花が咲《さ》く時期には、近辺にハチを放さないのが常識《じょうしき》である。**泥塚《どろづか》は安全なハチミツを作る一方で、ひそかに毒《どく》ハチミツ計画を実行していたわけだ。トリカブトの花畑に持ってくる巣箱には印がつけてあった。

キリさんが撮影《さつえい》した証拠《しょうこ》写真を地域《ちいき》の養蜂団体《ようほうだんたい》と家畜《かちく》保健衛生所《ほけんえいせいじょ》に提出《ていしゅつ》した結果、「ぐうぜんではなく意図的」と判断《はんだん》され、泥塚《どろづか》は養蜂《ようほう》を禁《きん》じられる処分《しょぶん》を受けたのである。

富山県

# まだらの看板《かんばん》

キリさんは、道路の真ん中で地図を見ながらあたりを見回した。

「おかしいな、この辺に薬局があるはずなんだけど。番地はまちがいない。」

「早く治らないと困《こま》るよ。コンサートの開演《かいえん》まで2時間しかないんだからな！」

マッキーはおなかを押《お》さえながら弱々しい声で言った。

おいしいものに目がないマッキーは富山名物のます寿司《ずし》をたいらげ、海鮮丼《かいせんどん》だの白えびの天ぷらだのムチャ食いしたおかげで、猛烈《もうれつ》な消化不良におそわれていた。

ふたりが富山県に立《た》ち寄《よ》ったのはご当地アイドルグループ・三美人《ミミン》のコンサートを見るためだ。三美人《ミミン》は「芍薬《しゃくやく》☆浪己《なこ》」「牡丹《ぼたん》☆亜里衣《ありい》」「百合《ゆり》☆津吹《つぶき》」の3人組。

美人を表す**「立てば芍薬《しゃくやく》、座《すわ》れば牡丹《ぼたん》、歩く姿《すがた》は百合《ゆり》の花」**という言葉が由来で、こんな呼《よ》び名《な》が生まれたのである。

マッキーは三美人《ミミン》が大好きで、なかでも「芍薬《しゃくやく》☆浪己《なこ》」の熱烈《ねつれつ》なファンなのだ。

「キリさん、店の名前、なんていうんだっけ？」

「『良薬《りょうやく》　菊田港《きくたこう》』だ。」

「変な名前だなぁ。ホントに薬局なの？」

「ああ、まちがいない。**富山は昔から製薬《せいやく》が盛《さか》ん**だろう？　創業者《そうぎょうしゃ》の菊田《きくた》さんが、港から各地に薬を送ったことにちなんでつけた名前らしいよ。」

キョロキョロしていたキリさんはおかしな看板《かんばん》を見つけて思わず吹き出《ふだ》した。

「見ろよ、マッキー。ある意味、おまえにぴったりな店があったぞ。」

マッキーは古びた看板《かんばん》をながめた。

「『**糞《くそ》**』だって？　この店、糞《くそ》屋なの？　残念ながら、糞《くそ》なら間に合ってるよ。だ〜か〜ら〜『良薬《りょうやく》　菊田港《きくたこう》』はどこにあるんだよぉ！」

マッキーはわめいた。

すると、ガラリと引き戸が開いておじいさんが顔を出した。

「あんた方、『良薬《りょうやく》　菊田港《きくたこう》』を探《さが》してるんなら、ここだが？」

キリさんとマッキーは顔を見合わせ、もう一度まじまじと看板《かんばん》を見つめる。

おじいさん――菊田港《きくたこう》の店主は大きくため息をついた。

「この看板《かんばん》な。**もとは『良薬《りょうやく》　菊田港《きくたこう》』なんだ。それが、文字をはがして持ってかれ**

**ちまって……、残ったパーツが『糞《くそ》』に見えるんだよ。**悪いいたずらを思いつくやつがいたもんだ。」

「ああ、なるほど。どうも字のバランスがおかしいとは思ったんですが。」

看板《かんばん》の文字は、プラスチックを切り出したパーツでできている。

店主によれば「良薬」の2文字は、まるごと持ち去られた。

残ったのは①「菊《きく》」の「米」②「田」③「港」の「共」。

米と田と共がタテに並《なら》ぶと「糞《くそ》」になってしまうわけだ。

「一度は直したんだけど、犯人《はんにん》はしつこくてな。1週間もしたら、また『糞《くそ》』になってた。どうしたもんかと思ってな。」

「それにしても、いたずらしたヤツ、頭いいよねぇ。この漢字の並《なら》びの中から『糞《くそ》』を見つけ出すなんてさぁ。……ってか、そうだ！　食べすぎに効《き》く薬、ください！」

店主はうなずいて、ふたりを店に招《まね》き入《い》れる。

「食べすぎか。なら、『**反魂丹**《はんごんたん》』がいい。効《き》き目《め》ばつぐんだよ。」

「反魂丹《はんごんたん》？」

マッキーは渡《わた》された紙包みをじろじろ見た。

マッキーが飲んだことのある薬とは、どこかちがう風情《ふぜい》である。

「反魂丹《はんごんたん》って、かなり昔からある薬ですよね？」

キリさんがたずねると、店主はほこらしげに胸《むね》を張《は》る。

「**反魂丹《はんごんたん》は江戸時代《えど》から作られていて、富山が製薬《せいやく》で栄えるきっかけになった薬だ。**

富山の藩主《はんしゅ》が江戸城《えどじょう》に行ったとき、腹痛《ふくつう》を起こした大名に分けたらケロリと治った。

それで各地の大名に『うちの藩《はん》にも売りに来てくれ。』と頼《たの》まれるようになったんだ。」

キリさんは指をパチンと鳴らす。

「へぇ。マッキー、おもしろいじゃないか。富山名物の食いすぎで腹痛《ふくつう》を起こして、
それをまた富山伝統《でんとう》の薬で治すなんて貴重《きちょう》な体験だぞ。」

マッキーが袋《ふくろ》を開けて見ると、茶色っぽい丸薬が入っている。

「なんだか苦そうだなぁ。」

「『良薬、口に苦し』っていうことわざもあるだろう？」

店主がコップの水をくれたので、マッキーは顔をしかめてその薬を飲みこんだ。

「ありがとうございました。」

「しばらくおとなしくしてればよくなるよ。」

店主は店の外に出て、ふたりを見送ってくれた。歩き出そうとしたキリさんは、何か思いついたように振《ふ》り返《かえ》り、例の看板《かんばん》をじっと見る。

「あの……ちょっと気になるんですけど。これ、よく見ると、『米』の左上の点もなくなってますよね？」

「ああ、そうだが。それがどうかしたか？　点が1個《こ》足りなくても残念ながら『糞《くそ》』に見えるのは変わりない。」

キリさんは言った。

「このいたずらをした犯人《はんにん》の意図がわかりましたよ。犯人《はんにん》は、いやがらせで『糞《くそ》』という文字を残したんじゃない。」

「え？　ほかに何か目的があるっていうのかい？」

「そうです。**目的は『糞《くそ》』という字を作ることじゃなかった。犯人《はんにん》が持ち去った漢字のパーツに意味があったんです。**2回も持ち去られたのは……同じことを思いついた人がふたりいたってことでしょうね。」

**Q**

**盗《ぬす》まれた漢字のパーツを組み合わせると、どんな言葉ができるだろうか。**

# A

## 解説《かいせつ》

答えは**「芍薬《しゃくやく》　浪己《なこ》」**。ご当地アイドルグループ・三《ミ》美人《ミン》のひとりの名前である。「芍《しゃく》」＝「菊《きく》」の「米」以外のパーツ＋「、(米の字の左上の点)」。「薬」はそのまま使う。「浪《な》」＝「港」のさんずい＋「良」。「己《こ》」＝「港」の右下の部分。キリさんは、犯人《はんにん》は芍薬《しゃくやく》☆浪己《なこ》の大ファンだと推理《すいり》した。犯人《はんにん》は看板《かんばん》の漢字のパーツを組み合わせれば「芍薬《しゃくやく》　浪己《なこ》」の漢字を作れると気づいたのだ。残ったパーツで「糞」ができたのはぐうぜんだった。

キリさんとマッキーはコンサート会場で、看板《かんばん》の文字で作ったプラカードをかかげたふたりのファンを発見した。一文字が大きいので会場で目立っており、見つけるのはかんたんだったのだ。きびしく説教すると終演後《しゅうえんご》にふたりを店主の元に連れていき、パーツを返すとともに謝罪《しゃざい》させて一件落着《いっけんらくちゃく》。

**反魂丹《はんごんたん》とは生薬《しょうやく》（動物や植物の薬効《やっこう》成分）を複数《ふくすう》組み合わせた漢方薬だ。もとは中国で生まれ、富山でアレンジされた。**ちなみに芍薬《しゃくやく》(根)、牡丹《ぼたん》(根の皮)、百合《ゆり》(球根)も生薬《しょうやく》として漢方薬に使われる。

石川県

# そして加賀《かが》友禅《ゆうぜん》がなくなる

「それにしても桐久《きりひさ》さんがこんなにお若《わか》い方だとは思わなかったわ。」

「ねえ。それにイケメンですよね！」

ひと回りくらい年上の、和服の装《よそお》いもあでやかな姉妹《しまい》にはずんだ口調でこう評《ひょう》され、キリさんはフイと視線《しせん》をはずした。

キリさんは「依頼人《いらいにん》にイケメンなどとほめられるのは、ナメられているようなもの」と思っているのだ。

キリさんは事務的《じむてき》に言う。

「経験《けいけん》はそれなりに豊富《ほうふ》なつもりですので、ご安心ください。」

「あら、そんなつもりで言ったんじゃないんですよ。桐久《きりひさ》さんのことはもちろん信頼《しんらい》しています。」

姉の毬絵《まりえ》さんは華《はな》やかな笑《え》みを浮《う》かべた。

姉妹《しまい》の依頼《いらい》は**「家に盗聴器《とうちょうき》がしかけられていないか調べてほしい」**というもの。

キリさんとマッキーは、この姉妹《しまい》——毬絵《まりえ》さんと百合絵《ゆりえ》さんが少し前まで母親と3人で暮《く》らしていた一軒家《いっけんや》を一日かけて調べる予定である。

彼女《かのじょ》たちの母は2週間前に急病に倒《たお》れて亡《な》くなった。葬儀《そうぎ》が終わるやいなや、母のいとこが**「形見分けをしてほしい。」**と言ってきたという。

「母は着付け師《きつけし》で、着物をたくさん持っています。親類の方々に形見分けをするのは当然だとは思います。でも、母のいとこのみずえさんは、あからさまに値打《ねう》ちものを欲《ほ》しがっているみたいで。」

毬絵《まりえ》さんに続き、百合絵《ゆりえ》さんも憤慨《ふんがい》した調子で言う。

「あの人、着物なんか全然着ないくせにね！」

姉妹《しまい》は「四十九日の法要のあと、お墓《はか》にお骨《こつ》を納《おさ》めるまで形見分けは待ってほしい。」と言ったが、みずえは他の親類に取られたくないのか、やたらに急《せ》かしてくる。

「みずえさんの電話に出ないようにしてたら……最近、番号非通知《ひつうち》の電話がかかってくるんです。それから、庭に足跡《あしあと》がついていたり。」

毬絵《まりえ》さんは不安そうにリビングの大きな窓《まど》を指さした。

レースのカーテンの向こうに6メートル四方ほどの庭が見える。

「つまり、だれかがお宅《たく》の様子をうかがっていて、それがみずえさんの可能性《かのうせい》もあると?」

キリさんの言葉にふたりはうなずいた。毬絵《まりえ》さんは呉服店《ごふくてん》で、百合絵《ゆりえ》さんは料亭《りょうてい》で働いていて、ともに出勤日《しゅっきんび》は不規則《ふきそく》だ。この家がねらわれているとしたら、姉妹《しまい》の動向を探《さぐ》るため、盗聴器《とうちょうき》がしかけられていないだろうか。ふたりはそう考えたという。

「葬儀《そうぎ》の後、みずえさんはご主人や息子《むすこ》さんと2~3時間ここにいました。そのとき、チャンスがあったかもしれません。」

「みずえさんは勝手に母の部屋のタンスを開けてたんですよ。わたしに気づくと『タオルを借りようと思った。』なんてごまかしたけど。」

「なるほど。ところで、値打《ねう》ちのある着物とはどんなものですか?」

キリさんがたずねると、毬絵《まりえ》さんは紙包みを運んできた。光沢《こうたく》のある白絹《しらぎぬ》に植物の柄《がら》が繊細《せんさい》に描《えが》かれた着物は、まさに芸術品《げいじゅつひん》という重厚《じゅうこう》さだ。

「**加賀友禅**《かがゆうぜん》をご存《ぞん》じですか? **友禅**《ゆうぜん》**は、絹**《きぬ》**の布地**《ぬのじ》**に模様**《もよう》**を染**《そ》**めつける技法**《ぎほう》**です。加賀**《かが》**友禅**《ゆうぜん》**の手描友禅**《てがきゆうぜん》**はすべて手描**《てが》**きの染**《そ》**めだけで仕上げられています。**これは有名な作家のものなんですよ。」

「見事ですね。ありがとうございます。では、1階の部屋から調べていきましょう。」

キリさんはリビングを見渡《みわた》した。

「散らかっててすみません。バタバタしてて、そうじもしてなくて。」

毬絵《まりえ》さんは決まり悪そうに言った。

確《たし》かにソファーやローテーブルに服や雑誌《ざっし》や書類などがごちゃごちゃに積まれている。棚《たな》に飾《かざ》られた高そうな花びんや絵皿にはうっすらとホコリが積もっている。

その中で、黒い箱型《はこがた》のピアノだけがピカピカと輝《かがや》いて見えた。

「ピアノはどなたが？」

キリさんが言うと、毬絵《まりえ》さんは微笑《ほほえ》んだ。

「母はわたしたちをピアニストにしたかったんですって。本当はグランドピアノを買うつもりだったと言ってましたけど……そんなの買わなくてよかったですよ。ふたりとも才能《さいのう》がなくてすぐにやめちゃいましたから。」

「全然弾《ひ》かないからジャマなだけです。一応《いちおう》スタインウェイですけどね。」

「え！　スタインウェイって超《ちょう》高級ピアノじゃないですか！」

マッキーが大げさに騒《さわ》ぐと、姉妹《しまい》はクスクス笑った。悪い気はしていないようだ。

姉妹《しまい》がまだ小さいころに亡《な》くなったふたりの父は、そうとうなお金持ちだったらしい。

キリさんとマッキーは、盗聴器《とうちょうき》の探知機《たんちき》を手に家のすみずみを調べた。家じゅうの一流品を姉妹《しまい》に解説《かいせつ》してもらいながら、浴室やトイレもくまなく調べた。1階から2階へ移《うつ》り、すべての部屋を探《さが》したが、結局、盗聴器《とうちょうき》は見つからなかった。

「まあ、見つからなくてよかったです。」

「これで安心ね。」

毬絵《まりえ》さんと百合絵《ゆりえ》さんは、ニコニコと顔を見合わせた。

「あら、もうこんな時間。お夕飯にうなぎでもとりましょう。百合絵《ゆりえ》、電話してきてちょうだい。あと、お茶の用意も。」

「はーい！」

百合絵《ゆりえ》さんは姉の指示《しじ》に従《したが》い、階段《かいだん》を下りていく。

「マッキー、机《つくえ》を元にもどすぞ。そっちを持って。」

キリさんとマッキーが裏返《うらがえ》した漆塗《うるしぬ》りの重い机《つくえ》に手をかけたとき――。

「お姉ちゃん！」

階下から百合絵《ゆりえ》さんのさけび声がしたのである。

**「あの友禅《ゆうぜん》が……なくなってる！」**

百合絵《ゆりえ》さんは、開け放たれた大窓《おおまど》を指さした。

「くそっ、オレたちがいながら！」

マッキーは窓《まど》にかけ寄《よ》った。庭に飛び出しそうになったが、侵入者《しんにゅうしゃ》の足跡《あしあと》を消してはいけないと思い、危《あや》うく踏《ふ》みとどまる。

「……警察《けいさつ》を呼《よ》ばなきゃ！」

毬絵《まりえ》さんが電話をかけるのをキリさんはだまって見ていたが、首を左右に振《ふ》ると
「やれやれ、ホントにナメられたもんだ。」とつぶやいて、ピアノにもたれかかった。

**「いやぁ、驚《おどろ》きのあまり動揺《どうよう》してしまいました。毬絵《まりえ》さん、百合絵《ゆりえ》さん……何か気持ちが落ち着くような曲でも弾《ひ》いてもらえませんか？」**

毬絵《まりえ》さんと百合絵《ゆりえ》さんは、キリさんをにらみつけた。

「こんなときに何をおっしゃるんです？」

**Q キリさんは、なぜ姉妹《しまい》にピアノを弾《ひ》いてほしいと言ったのだろうか。**

# A

## 解説《かいせつ》

キリさんは「このタイミングでどろぼうが入るのはあまりにもできすぎだ」と思い、毬絵《まりえ》と百合絵《ゆりえ》の策略《さくりゃく》を見ぬいたのだ。**この姉妹《しまい》は「友禅《ゆうぜん》の着物が盗《ぬす》まれた」ことにして、みずえをあきらめさせようと考えた。**そのための「信頼性《しんらいせい》の高い証人《しょうにん》」として探偵《たんてい》を雇《やと》ったのである。「盗聴器《とうちょうき》を探《さが》してほしい」というのは単なる口実。番号非通知《ひつうち》の電話や侵入者《しんにゅうしゃ》の話もでっちあげだった。

さて、友禅《ゆうぜん》はどこにいったのか。百合絵《ゆりえ》は1階に下りると、ピアノの屋根（上部）を開けて友禅《ゆうぜん》を隠《かく》したのだ。**キリさんは、長いこと弾《ひ》いていないはずのピアノがピカピカでホコリが積もっていないことに目をとめていた。**姉妹は事前に中に着物が入るかどうか試《ため》したとき、深く考えずにホコリをふきとったのだ。ピアノの内部には弦《げん》をたたくハンマーがあるので、ここに着物のようなかさばる布《ぬの》が入っていたらまともな音は出ない。

かけつけた警察《けいさつ》には「かんちがいだった。」と話し、キリさんは姉妹《しまい》から仕事料に加えて謝罪金《しゃざいきん》を受け取ったのである。

福井県

# 東《とう》尋《じん》坊《ぼう》への供《く》物《もつ》

「東尋坊《とうじんぼう》？　変な名前だなぁ。」

マッキーが観光案内の看板《かんばん》を見ながら言うと、キリさんはあきれた顔をした。

「東尋坊《とうじんぼう》の奇岩《きがん》と絶景《ぜっけい》は国の天然記念物だ。おい、マッキー、あんまり上まで行くなよ。風にあおられて断崖絶壁《だんがいぜっぺき》から落ちたらこっぱみじんだぞ。」

キリさんはゴツゴツした岩の上を歩きながら、先を行く相棒《あいぼう》に声をかける。

「ひえぇ！　じょうだんじゃない。」

「ここはよくサスペンスドラマの撮影《さつえい》場所に使われることでも有名なんだ。」

マッキーの手から取り返した双眼鏡《そうがんきょう》をのぞいたキリさんは、ため息をつく。

「やはり事件性《じけんせい》があるかも。もう少し近づこう。いざとなったら飛び出せるように。」

キリさんとマッキーは切り立った岩肌《いわはだ》にへばりつくようにして身を隠《かく》し、眼下《がんか》の海岸を歩くふたりの女性《じょせい》を目で追っていた。

ことの起こりは15分ほど前。ふたりは早朝のコンビニに車を停《と》めた。ところがマッ

キーは買い物もせず、車で待つキリさんのところに血相を変えてもどってきた。

「マッキー、クロワッサンと牛乳《ぎゅうにゅう》は？」

「それどころじゃないよ。キリさん、すぐあの車を追ってくれ！」

マッキーの様子がふつうではないので、キリさんは、ひと足早くコンビニの駐車場《ちゅうしゃじょう》から出ていった白い車の後を追った。

「あの車には60歳《さい》くらいと30歳《さい》くらいの女の人が乗ってる。親子らしいんだけどさ。**オレ、聞いちゃったんだよ。お母さんが娘《むすめ》に『死ね。』って言うのをさ。**」

「おいおい、『死ね。』って言った人が全員殺人《さつじん》を犯《おか》すとでも思ってんのか？」

「ただならぬ雰囲気《ふんいき》だったんだよ。こんな朝っぱらから海に行くとか言っててさ。支《し》配的《はいてき》な関係でむりやり海に入らせるとか……そういう事件《じけん》、あるだろ？」

「自殺幇助《じさつほうじょ》の心配をしてるわけか。」

自殺幇助《じさつほうじょ》は他人が自殺《じさつ》するようにしむけたり、手助けしたりすること。りっぱな罪《つみ》だ。

「マッキーもなかなかの正義漢《せいぎかん》だな。」

「新聞に『福井県の海で女性《じょせい》が溺死《できし》』なんて記事が載《の》ったら後悔《こうかい》するだろ？　ふたり

はめてる雰囲気《ふんいき》でさ。お母さんが『さっさと死ね。』って言ったら、娘《むすめ》のほうは『わかった。』って……。」

キリさんとマッキーが海岸に下りていくと、ふたりは小舟《こぶね》をこぎ出したところだった。娘《むすめ》の白い着物姿《すがた》が、浅瀬《あさせ》の灰色《はいいろ》の水の上できわだって見える。

「まさか、死に装束《しょうぞく》……？」

時代劇《じだいげき》で武士《ぶし》が切腹《せっぷく》するときは、白い着物を着る。小舟《こぶね》の上で、指先で水をパシャパシャするばかりの娘《むすめ》に母が投げかけた声はキリさんたちの耳にも届《とど》いた。

**「さっさとしね！」**

キリさんとマッキーは「やめろ！」とどなりながら、服のまま海に飛びこんだ。

「ははは。あんたたち、いい人だね。」

母と娘《むすめ》に笑われて、天下の名探偵《めいたんてい》は顔を赤くした。彼女《かのじょ》たちは殺《ころ》すとか死ぬとかいうぶっそうなこととはまったく無関係だったのだ。

Q

**マッキーたちはなぜ誤解《ごかい》したのか、彼女《かのじょ》たちは何をするところだったのか。**

# A
## 解《かい》説《せつ》

お母さんは「死ね。」と言ったわけではなかった。**「しね」は福井県の方言で「しなさい」という意味。**アクセントも「死ね」と同じなので、方言を知らないマッキーたちが誤解《ごかい》するのはしかたない。キリさんたちが話を聞くと、この親子は海女《あま》（海にすもぐりをして貝などを獲《と》する職業《しょくぎょう》）だった。ふだんはウェットスーツを着てもぐるのだが、近々予定されている観光客向けのイベントで昔の海女《あま》が着ていた白い着物を着用することになった。そのために、お母さんは娘《むすめ》に着物でもぐる練習をさせようとしたのだ。着物でもぐった経験《けいけん》のない娘《むすめ》は、水が冷たいのでいやがっていたわけ。

**東尋坊《とうじんぼう》の地名の由来は、平安時代の「東尋坊《とうじんぼう》」という名のお坊《ぼう》さんだ。**乱暴者《らんぼうもの》で迷惑《めいわく》がられていた東尋坊《とうじんぼう》はワナにはめられ、崖《がけ》から突《つ》き落《お》とされてしまった。その日から49日暴風雨《ぼうふうう》に見舞《みま》われ、海が荒《あ》れたことがきっかけといわれている。

岐阜県

# 正月限定《げんてい》おせち料理事件《じけん》

「どう考えてもおかしいです。由恵《ゆえ》ちゃんの身に何かあったとしか思えません。」

相沢宏香《あいざわひろか》さんは涙《なみだ》にうるんだ目でキリさんに強く訴《うった》えた。

新年の２日目。

日本各地をうろうろしているキリさん、マッキーは岐阜県の知り合いからのお招《まね》きにあずかっていた。

新聞社のちょっとえらい人である山倉《やまくら》氏の家におじゃまして、山倉《やまくら》夫人お手製《てせい》のおせち料理をつついていたのだが、またまた事件《じけん》が追っかけてきた。

山倉《やまくら》氏と同じマンションの階下に住む相沢宏香《あいざわひろか》さんが助けを求めてきたのである。

相沢宏香《あいざわひろか》さんは35歳《さい》で、マンションの１０１号室でひとり暮《ぐ》らしをする看護師《かんごし》。

おとなりの１０２号室に住む由恵《ゆえ》さんは同じく独身《どくしん》で年も近いことから、週に１回くらいはいっしょにお茶を飲む間柄《あいだがら》だ。

お互《たが》いに合《あ》い鍵《かぎ》を預《あず》けているほど信頼《しんらい》しあっているという。

この3年、相沢《あいざわ》さんはお正月に由恵《ゆえ》さんの家で、由恵《ゆえ》さんが作ったおせちを食べるのが恒例《こうれい》になっていた。

ところが、約束していた昨晩《さくばん》、となりの部屋のインターホンを押《お》したが由恵《ゆえ》さんは不在《ふざい》。スマホで連絡《れんらく》しても応答《おうとう》がない。

一夜明けて、思いきって合《あ》い鍵《かぎ》を使って部屋に入ったが、やはり留守《るす》。

相沢《あいざわ》さんは大きな不安にさいなまれたのである。

「事情《じじょう》があって恋人《こいびと》と急に駆《か》け落《お》ちせざるを得《え》なかったとか……そんなケースが考えられますが、何か心当たりはありますか？」

キリさんがたずねると、相沢《あいざわ》さんはくちびるをかみしめてうなずいた。

「**由恵《ゆえ》ちゃんは『男の人につきまとわれてる。』って言ってたんです。**由恵《ゆえ》ちゃんが勤《つと》めてる喫茶店《きっさてん》の常連《じょうれん》さんだそうなんですけど。交際《こうさい》を申しこまれて、断《ことわ》ってもしつこいって。」

キリさんは由恵《ゆえ》さんの部屋を見回した。

キッチンの横の棚《たな》には、パックの切《き》り餅《もち》が投げ出すように置かれていた。

冷蔵庫《れいぞうこ》を開けると、おせち料理がぎっしり詰《つ》まっている。

マッキーは「へぇ、すごいもんだなぁ。」と言いながら、一つひとつテーブルに出す。

「**筑前煮**《ちくぜんに》**、きんとん、黒豆、田作り、昆布巻き**《こぶま》**かぁ。こっちはかまぼこに伊達巻き**《だてま》**、数の子ね。それからりっぱな伊勢海老**《いせえび》**が2尾。**これは、あとで料理するつもりだったんだろうね。」

キリさんはじっくりとキッチンを観察した。

立てかけてある木製《もくせい》のまな板に、うっすらオレンジ色の筋《すじ》が見える。

それは、へばりついたにんじんの皮だった。

「にんじんの皮だな。」

キリさんがつぶやくと、相沢《あいざわ》さんは急に何か思い出したようである。

「そうだ。何か足りないと思ったら。**紅白**《こうはく》**なます**がないんです。」

紅白《こうはく》なますとは、千切りの大根とにんじんの酢《す》の物《もの》だ。

「わたし、『由恵《ゆえ》ちゃんの紅白《こうはく》なますは最高。』っていつも言ってるから。作らないはずはないですけど。」

相沢《あいざわ》さんは冷蔵庫《れいぞうこ》からさらに保存容器《ほぞんようき》を見つけ出した。

うすくイチョウ切りにしたにんじんと大根が入っている。

「お雑煮《ぞうに》にするつもりで切っておいたのかな？」

マッキーが言うと、キリさんは首をかしげた。

「今日、山倉《やまくら》さんの家でお雑煮《ぞうに》をいただかなければ、ぼくもそう思っただろうな。」

キリさんは相沢《あいざわ》さんのほうに向き直った。

**「由恵《ゆえ》さんが自分の意思で留守《るす》にしているかはともかく、第三者がここに入ったことはまちがいないでしょう。おそらく関東出身の……。」**

それから、警察《けいさつ》に電話をするべくスマホを取り出したのである。

Q

**キリさんはなぜ「関東出身の人物」が侵入《しんにゅう》したと考えたのだろうか。**

# A
## 解説《かいせつ》

お雑煮《ぞうに》は地域《ちいき》によってそれぞれ特色がある。**岐阜県のお雑煮《ぞうに》はシンプルで、お餅《もち》に少々の菜っ葉とかつお節だけ。キリさんは東京育ちだが、関東のお雑煮《ぞうに》ではお餅《もち》以外には大根、にんじん、鶏肉《とりにく》、かまぼこなどを入れるのがスタンダード**。キリさんは大根とにんじんがあるのに相沢《あいざわ》さんの好物の紅白《こうはく》なますが作られておらず、イチョウ切りにしてあったことに違和感《いわかん》を覚えたのだ。

真相は以下のとおり。由恵《ゆえ》さんにつきまとっていた男は元日の昼間に彼女《かのじょ》をたずねてきて、強引《ごういん》に連れ出そうとした。抵抗《ていこう》したのでもみあっているうちに由恵《ゆえ》さんは転倒《てんとう》して気を失ってしまった。車で来ていた男は由恵《ゆえ》さんにさるぐつわをかませてさらおうとしたが、気になったのはまな板の上の皮をむいた大根とにんじんだ。そのままにして出かけるとあやしまれると思い、男はお雑煮《ぞうに》を作る想定でイチョウ切りにし、そこにあった容器《ようき》にしまったのである。由恵《ゆえ》さんの勤《つと》め先《さき》の人の証言《しょうげん》などから犯人《はんにん》はすぐに割《わ》りだされ、由恵《ゆえ》さんは無事に帰還《きかん》した。

# 幕間《まくあい》

「桐久廉太郎《きりひされんたろう》さん、それから牧野貞介《まきのていすけ》さん。いっしょに来ていただけますか？」

由恵《ゆえ》さんの誘拐事件《ゆうかいじけん》を担当《たんとう》した板垣警部《いたがきけいぶ》はそう言ってため息をついた。

彼《かれ》のしかめっ面《つら》から見て事件解決《じけんかいけつ》の立て役者として表彰《ひょうしょう》するとか、そういった用件《ようけん》ではなさそうだ。

そして、板垣警部《いたがきけいぶ》は驚《おどろ》くべきことを言ったのだ。

「**桐久《きりひさ》さん、あなた方には、滋賀県内で起こった絵画盗難事件《とうなんじけん》の犯人《はんにん》の容疑《ようぎ》がかかっています。**あなたたちは12月30日に滋賀県にいましたね？」

キリさんは目を丸くした。

「滋賀県？　行ってないですよ！」

板垣警部《いたがきけいぶ》は困《こま》ったように苦笑《くしょう》する。

「残念ながら調べはついています。被害者《ひがいしゃ》が目撃《もくげき》した犯人《はんにん》の車と、あなたたちの車のナンバーは一致《いっち》しているんです。」

「ど、どういうことだよ、キリさん!?」

あわてふためくマッキーの肩《かた》をポンとたたいて、キリさんは小さくつぶやいた。

「ふむ。あいつら――〈怪力乱神《かいりきらんしん》〉は、ただオレたちの命を奪《うば》うだけではつまらないと思ってるみたいだな。つまり、まず社会的な死を与《あた》えようというわけだ。」

そして、顔を上げたキリさんは板垣警部《いたがきけいぶ》に言い放ったのである。

「わかりました。どこへでも行きますよ。ぼくは逃《に》げたりしません。我《わ》が身《み》の潔白《けっぱく》は、自分で証明《しょうめい》してみせます。」

盗難事件の
容疑者として
警察に連行された
キリさんとマッキーは
このあと、
どうなる!?
日本一周
ナゾトキ珍道中
西日本編
へ続く!

## 粟《あ》生《おう》こずえ

東京都生まれ。小説家、編集者、ライター。マンガを紹介する書籍の編集多数。児童書ではショートショートから少女小説、伝記まで幅広く手掛ける。おもな著書に「3分間サバイバル」シリーズ（あかね書房）、『かくされた意味に気がつけるか？　3分間ミステリー　真実はそこにある』、「ギリギリチョイス」シリーズ（ともにポプラ社）、「ストロベリーデイズ」シリーズ、『そんなわけで都道府県できちゃいました！図鑑』（ともに主婦の友社）などがある。



装画・挿絵：井出エミ
ブックデザイン：小口翔平＋畑中茜（tobufune）
組版：津浦幸子（マイム）

5分《ふん》でスカッとする結末《けつまつ》

# 日本一周《にほんいっしゅう》 ナゾトキ珍道中《ちんどうちゅう》

## 東《ひがし》日本編《にほんへん》


二〇二四年一〇月二九日　第一刷発行
二〇二五年　二月一二日　第二刷発行

著者　粟生《あおう》こずえ
発行者　安永尚人
発行所　株式会社講談社
東京都文京区音羽二－一二－二一
郵便番号　一一二－八〇〇一
電話　出版　〇三－五三九五－三五三五
販売　〇三－五三九五－三六二五
業務　〇三－五三九五－三六一五
印刷所　共同印刷株式会社
製本所　大口製本印刷株式会社





N.D.C. 913　158p
19cm　ISBN978-4-06-536690-5

KODANSHA